KB125345

Only Follow Jesus,
Blessed by God

석은옥,
주님만 따라간 삶

석은옥 지음

"하나님을 사랑하는 자
그의 뜻대로 부르심을 입은 자에게는
모든 것이 협력하여 선을 이루시느라."

믿음, 소망, 사랑을 바탕으로 불가능을 가능으로 바꾸고
아메리칸 드림의 표본을 일구어낸 아내이자 어머니
그리고 한 사람의 여인 석은옥, 그녀의 80 평생 자전적 에세이

석은옥,주님만 따라간 삶
Only Follow Jesus, Blessed by God

초판 1쇄 발행 2022년 10월 13일

지 은 이 석은옥
발 행 인 권선복
편   집 오동희
디 자 인 박현민
교정 교열 민에스더
전 자 책 서보미
발 행 처 도서출판 행복에너지
출판등록 제315-2013-000001호
주   소 (07679) 서울특별시 강서구 화곡로 232
전   화 0505-613-6133
팩   스 0303-0799-1560
홈페이지 www.happybook.or.kr
이 메 일 ksbdata@daum.net

값 25,000원
ISBN 979-11-92486-23-9 (03810)

도서출판 행복에너지는 독자 여러분의 아이디어와 원고 투고를 기다립니다. 책으로 만들기를 원하는 콘텐츠가 있으신 분은 이메일이나 홈페이지를 통해 간단한 기획서와 기획의도, 연락처 등을 보내주십시오. 행복에너지의 문은 언제나 활짝 열려 있습니다.

어머니, 이번 새 책 출간을 축하드립니다. 우리 가족이 어머니, 아버지의 사랑과 교훈에 힘입어 행복한 가정을 이루게 되어 감사드립니다. 어머니의 팔순의 삶을 이웃과 나눌 수 있음은 정말로 멋진 일입니다. 어머니는 늘 저에게 연민을 가지고 어려운 이웃을 도우라고 가르쳐주셨습니다. 그 말씀에 힘입어 친구와 함께 중남미 온두라스에 의료 선교 안과병원을 세웠습니다. 어머니의 그 따뜻한 사랑을 마음에 새기면서 살아가고 있습니다. 어머니가 보여주신 삶을 우리 자녀들에게도 잘 전수하겠습니다. 사랑합니다.

−큰아들 진석 드림

친애하는 어머니,

어머니의 팔순 생신에 새 책을 출판하게 된 것을 축하드립니다. 어머니의 삶과 우리 가족의 삶을 새롭게 조명할 수 있어 참으로 기쁘고 감사합니다. 어머니는 언제나 우리 가족의 성공에 심장의 역할을 하셨습니다. 또한 어머니는 인디아나주에서 많은 시각장애학생들을 헌신적으로 지도하셨으며, 맹인인 아버지와 우리 가족을 위해 희생과 사랑으로 헌신하셨음을 늘 감사하며 잊지 않고 있습니다. 오늘날까지 지속적으로 시각장애인들을 돕는 강영우장학회를 운영하심을 진심으로 존경합니다. 가장 감사한 것은 어머니로서, 할머니로서 저희 가족들을 사랑하시고 도와주셨다는 것입니다. 많은 독자들이 어머니의 책을 통해 사랑과 동정과 용기를 배우고 실천해가기를 바랍니다. 진실로 감동적인 새 책 출간을 축하드립니다.

− 영원히 사랑하는 작은아들 크리스, 진영 드림

차례

추 천 사

올 네이션스 교회 담임목사 **전진석**

석은옥 여사(권사)님께,

이번 화보집이 출판된 것을 진심으로 축하합니다.

권사님께서 저희 교회에 출석하시고 매주일 예배가 끝나면, "은혜 많이 받았습니다"라고 인사하시며 맑은 미소로 부족한 종을 격려해주심을 감사드립니다.

권사님과 함께 신앙생활을 하는 것은 온 교회 성도들의 기쁨입니다.

권사님께서 부족한 저희 부부를 초대해 주셔서 맛

있는 삼계탕도 끓여주시고, 또 예쁘게 모으신 아기자기한 모형들, 인형들, 그림들을 보여주시며 기뻐하셨던 것이 기억납니다.

권사님의 작은 것에 대한 소중함과 그것들을 보고 기뻐하시는 모습이 참으로 좋았습니다.

권사님은 훌륭한 강영우 박사님의 아내이시지만, 한 번도 자신을 자랑하거나 스스로를 나타내시는 분이 아니십니다. 권사님께서는 조용한 모습으로 강 박사님을 섬겨주셨듯이, 교회 성도님들을 그리고 주위에 어려운 사람들을 조용히, 그리고 겸손히 섬겨주시는 분이십니다.

권사님의 화보집에 나오는 사진들이 하나하나 감동이지만, 권사님의 중학교 시절의 해맑은 미소의 사진을 보니, 저의 마음도 맑아짐을 느낍니다.

세월이 참 빠르군요. 참 귀한 삶을 주님의 은혜로 사셨습니다. 권사님의 삶을 본받고 싶습니다.

강영우 박사님을 처음 뵌 것은 제가 북가주 세크라멘토에 살 때 저희 교회에 오셔서 간증집회를 하셨을 때입니다. 그때 동시통역을 도와드리면서 참으로 많은 은혜와 도전을 받았습니다.

또한, 2012년 강 박사님께서 하나님의 부르심을 받았을 때도 장례식을 도울 수 있어서 참으로 감사했습니다.

첫째 아드님 이름이 제 이름과 같아서 "진석아!" 하고 아들의 이름을 부르시는 것 같다며 기쁘게 웃으셨던 권사님께서는 남편을 사랑하고 잘 섬기셨듯이, 사랑하는 두 아들(진석, 진영)을 훌륭하게 키우셨습니다.

이번에 나온 화보집을 통해 세상에서 방황하는 많은 영혼이 빛을 보며, 낙심한 사람들이 새 힘을 얻으며, 어르신들께는 큰 도전이 되고 많은 분이 하나님의 사랑과 은혜에 대한 확신과 기쁨을 얻게 되기를 간절히 소망합니다.

추천사

숙명여자대학교 총장 **장윤금**

　사랑에 대한 실천을 위해 평생을 헌신하며 많은 이들에게 감동과 영감을 주는 삶을 살고 계신 석경숙 동문님의 일생을 담은 화보집 출간을 진심으로 축하드립니다. 석경숙 동문님은 한국 시각장애인 최초로 미국에서 박사학위를 받고 미국 백악관 국가장애위원회 정책차관보, 유엔 세계장애위원회 부의장, 루즈벨트 재단 고문을 지낸 故 강영우 박사의 아내이자 미국 최고의 안과의사와 오바마 정부의 백악관 선임고문으로 활동한 두 아들의 어머니이십니다.

　석 동문님과 강 박사님에 대한 이야기는 그동안 드라마와 영화로 제작되기도 했고 강 박사님의 여러 베스트셀러 저서 및 국내외 기사에서도 소개된 바 있습니다. 현실의 역경과 장애 속에서 오히려 세상에 희망과 용기를 전해온 두 분의 아름다운 삶의 여정이 이번에는 화보집을 통해 더욱 생생하게 전해지게 될 것이란 기대가 됩니다. 1972년 숙명여대 교육학과를 졸업하고 시각장애인 남편과 함께 미국으로 떠난 석 동문님은 퍼듀대 교육학 석사를 마치고 인디애나주 개리시 교육청에서 28년간 사랑과 열정으로 시각장애인 학생들을 지도했을 뿐만 아니라 기독교적 사랑을 실천하는 아름다운 여인들의 모임을 결성해 지역사회 봉사활동에도 적극 나섰습니다. 남편 강영우 박사의 작고 이후엔 한인 시각장애인 자립을 후원하는 강영우장학재단의 이사장을 맡으며 다양한 봉사 및 기부 활동을 이어가고 계십니다.

석 동문님은 모교인 숙명여대에도 꾸준히 기부를 하시며 시각장애를 가진 후배들의 교육과 권익향상에도 큰 관심을 기울여오셨습니다. '꿈이 있으면 미래가 있다'는 평생의 신념을 실천해 온 석 동문님의 이타적 삶을 보면서 우리 사회의 진정한 리더이자 영적인 눈으로 세상을 바꾸는 선한 크리스천의 모습을 보게 됩니다. 사람을 품고 그리고 세상을 품고 평생을 살아온 석경숙 동문님의 삶의 여정이 담긴 화보집을 통해 코로나 팬데믹을 비롯한 불확실한 현실을 사는 많은 분들이 치유와 위안을 받고 꿈과 희망을 가질 수 있기를 바랍니다. 아울러 석 동문님의 가정에도 하나님의 무한한 축복이 늘 충만하시기를 기원합니다.

석은옥 여사님의 팔순 기념 화보 출판을 축하합니다.

추천사

학교법인 한양학원 이사장 **김종량**

평소 존경하고 사랑했던 고 강영우 박사님께서 우리 곁을 떠나신 지 어언 10년이 흘렀습니다. 연세대학교 문과대학 교육학과 학창시절이 더욱 그리워지는 건 Classmate 영우 학생의 밝은 미소 그리고 긍정적 사고를 배울 수 있었기 때문입니다.

그 후 대한민국 최초 장애인 유학생으로서, 피츠버그대학교 대학원에서 최초 시각장애인 교육학 박사학위 취득 후, 노스이스턴 일리노이 대학교 특수교육학과 교수를 역임하시면서 교육계에서 열정적 봉사를 하셨습니다.

이후 주정부와 연방정부에서 정책차관보로 임명되어 정계에서도 큰 공적을 남기셨습니다. 이는 당시 한국인 100년 이민사에서 최고의 공직자 최초 등극이었습니다. 그야말로 아메리칸 드림 중의 아메리칸 드림을 이루어 냈던 것입니다. 온갖 어려움을 무릅쓰고 성공적인 人生을 살았던 입지전적 인물, 그는 나의 자랑스러운 동기이자, 위대한 사랑의 실천자였습니다.

그런데, 이 여정 속에 우리는 결코 잊어서는 아니 될 역사적인 인물이 있습니다. 석 자 은 자 옥 자, 석은옥 사모님(나의 서울대학교 사범대학 부속고등학교 직계선배)이십니다. 강영우 박사의 모든 삶은 바로 석 여사님과의 동행으로 이루어졌기 때문입니다. 무엇보다도 아내 되시는 석은옥 여사님의 내조와 신앙이 아니었다면 그분의 감동적인 인생스토리는 나올 수 없었을 것입니다. 석 여사님은 내조와 더불어 2男 자녀를 세상에 꼭 필요한 인재로 교육, 육성시켜 하나님의 종으로 바치셨습니다. 세 사람의 섬김의 리더는 석은옥 여사의 一生一代의 희생과 사랑의 Masterpiece였습니다. 감사합니다. 사랑합니다. 존경합니다.

이번에 故 강 박사님의 소천 10주기와 석 여사님의 80년의 생애를 기념하는 화보집이 나오게 된 것을 기쁘게 생각하며, 역경 속에서 살아가는 사람들에게 용기와 희망을 줄 것을 믿어 의심치 않습니다

추천사

극동방송 이사장 **김장환**목사

　평소 존경하고 사랑했던 고 강영우 박사님께서 우리 곁을 떠나신 지 어언 10년이 흘렀습니다.

　고 강 박사님은 예수그리스도를 통해 시각장애를 극복하고, 미국 국무부 고위직에까지 오른 분으로서 전 세계 사람들에게 큰 감동을 줬습니다.

　무엇보다도 아내 되시는 석은옥 여사님의 내조와 신앙이 아니었다면 그분의 감동적인 인생스토리는 나올 수 없었을 것입니다.

　이번에 고 강 박사님의 소천 10주기와 석 여사님의 80년의 생애를 기념하는 화보집이 나오게 된 것을 기쁘게 생각하며, 역경 속에서 살아가는 사람들에게 용기와 희망을 줄 것을 믿습니다. 감사합니다.

추천사

강영우 장학회 부이사장 Giant 부동산 대표 **수잔 오**

석은옥 여사님은 평생을 시각 장애인 남편 고 강영우 박사님의 돕는 배필로 길을 걸어오다 보니 그 아름다운 마음이 닿는 곳마다 매직처럼 죽었던 땅도 살아나듯 생기를 불어 넣어주고 처음과 끝이 한결같은 그 평생의 성실함으로 잔잔히 흐르는 시냇물처럼 닿는 이마다 그 마음을 촉촉히 적신다.

그리고 살아있는 역사책같이 온갖 기록들을 아주 꼼꼼히 간직하며, 동화 속에 사는 주인공같이 새가 되어 보고, 꽃도 되어 보고 매일같이 아름다운 스토리로 마음 가득 채우는 분으로 아마 이 책을 읽는 이에게 그 에너지가 어디서 나오는지 충분히 전달되리라 생각된다.

추천사

강영우 장학회 총무이사
전 워싱턴 한국학교 워싱턴 지역 협의회장   황오숙

석은옥 여사님의 팔순 기념 화보 출판을 축하합니다.

서로 돌아보아 격려하며 / 나이 차이가 의미가 없고 / 틀려도 편안하고 / 알아도 부담스럽지 않고 서로의 약함이 서로에게 힘이 되며 / 서로 간에 까다로운 기준도 없어 / 하나님의 사랑을 노래하며 하나님을 즐거워하기 좋은 사이 / 함께 있으면 언제나 행복한 사이 뒤따르는 일상이 즐겁다.

청년 시절 나는 『빛은 내 가슴에』라는 소책자를 통해 고 강영우 박사님과 석은옥 여사님을 알게 되었습니다. 20년이 지난 후에 재미 한국학교 워싱턴 지역

협의회 교사연수회에서 박사님을 강사로 모시게 되었고 계속 교제를 이어 오게 되었습니다.

그 후 여사님과 자상한 이웃이자 친절한 지인으로 서로를 돌아보며 기쁨을 나누게 되었고 지금은 그리스도의 지체가 되어 서로 하나님을 알아가는 기쁨으로 함께하며 그분의 성도로서의 참된 삶이 많은 이웃에게도 나에게도 큰 귀감이 됩니다.

여사님의 항상 준비된 삶을 살아가는 모습이 많은 이웃에게 본이 되고 있으며 자고 깨면 누구를 만나 기쁨을 나눌까 생각하며 도움이 필요한 사람들을 찾아 나섭니다.

항상 쉬지 않고 기도하며 피곤하다고 말하지 않으시며 건강한 생활을 위해 부지런한 일과를 보내고 팔순임에도 정한 시간에 탁구를 치고 정한 시간에 수영을 하고 정한 시간에 하프를 치며 찬양하고 원하는 이웃에게 가르침을 전달하는 교사가 되십니다.

시각장애인 부부를 집으로 초대하여 하프를 가르치실 뿐만 아니라 젊은 내외를 데리고 수영하는 것을 도와주고 가르치는 안내를 하시며 힘들지 않으시냐고 물으면 여사님께서는 내가 가장 잘할 수 있는 일이라고 웃으시며 그 시간이 가장 행복한 시간이고 돌아가신 남편을 만나는 듯한 따뜻한 마음이 있어 오히려 즐겁다고 하십니다.

여사님의 팔순 이후의 삶을 통하여 하나님에 대한 찬양과 감사로, 만족과 기쁨, 또한 성령의 인도하심 가운데 많은 이웃들이 하나님께로 돌아오는 역사가 있기를 기도하며, 하나님의 살아계심과 영광을 찬송하는 삶이 되시기를 소망하며 축하합니다.

감사합니다.

추천사

대한민국 국회조찬기도회 지도위원 **양성전** 목사

"내게 능력 주시는 자 안에서 내가 모든 것을 할 수 있느니라." 〈빌립보서4:13〉

"주여 지난 밤 내 꿈에 뵈었으니 그 꿈 이루어 주옵소서!" 〈찬송가490장〉

'할 수 있다'는 믿음과 '이루어 주옵소서'의 기도는 80 년이라는 세월을 달려오신 석은옥 여사님의 간절한 신 앙고백입니다. 석은옥 여사님의 인생을 180도로 돌려 놓은 만남과 인연은 하나님의 인도하심이었으며 축복 이었습니다.

어느 누구도 관심을, 그리고 도움의 손길조차 주지 않았던 소경 바디메오에게 주님께서 다가가셔서 그의 삶 전부를 변화시켜 주신 것처럼, 석은옥 여사님께서는 실명에 부모와 누나까지 잃고 고아가 된 강영우 소년에게 주님의 마음으로 다가가 비전과 꿈을 갖게 하였으며, 고통스러웠던 삶을 극복하고 견딜 수 있는 힘과 용기를 주었습니다.

시력을 잃고 고아가 된 서울맹학교 학생, 중학교 교복을 입은 시각장애인 소년 강영우와의 만남, 그리고 만 50년을 그와 함께한 삶은 참으로 행복한 삶이었으며, 주님과 동행한 시간이었습니다.

고 강영우 박사님의 소천 10주기와 석은옥 여사님의 80년 생애를 기념하는 화보집 출간을 축하하며, 본 화보집을 대하면서 강영우 박사님과 석은옥 여사님의 50년 삶에 축복이 함께하기를 바라오며, 아울러 진정 존경의 마음을 보냅니다.

시각장애인들의 어머니로, 21세기 대한민국의 신사임당으로 불리는 석은옥 여사님께서 쉼 없이 걸어 온

80년이라는 시간은 고난과 역경으로 점철된 삶의 여정이었습니다. 이 세월은 또한 하나님의 은혜, 가족 모두의 기쁨이었으며 자손의 축복이었습니다.

강영우 박사님과 동행하면서 시각장애인들의 지팡이가 되어 일생 동안 함께 해오신 석은옥 권사님의 삶에 거듭 존경과 감사의 박수를 보내오며, 다시 한번 화보집 발간을 축하드립니다. 감사합니다.

추천사

방송작가 **김주영**

석은옥 사모님의 80번째 생신과 책 출간을 진심으로 축하드립니다!

대학 시절 읽었던 강영우 박사님의 『우리가 오르지 못할 산은 없다』라는 책을 통해, 꿈을 키우고 비전을 품었고 그 기도대로 방송작가가 되었습니다. 그 후, 강영우 박사님을 방송 통해 뵙고 인사드렸을 때, 두 손을 꼭 잡아주시고 축복해주셨던 감격이 있습니다. 결혼하고 나서는 석은옥 사모님의 책을 읽으면서 저의 롤모델로 삼았는데, 방송을 통해서 석은옥 사모님을 직접 만나 뵙는 영광을 가졌습니다.

두 분을 존경해서 닮는 것일까요? 저 역시, 두 아들의 어머니가 되었습니다, 당시 갓난아이였던 둘째 아들을 메고 석은옥 사모님을 인터뷰하러 갔었는데 그 아이가 지금은 10살 초등학생으로 성장했습니다.

그 후, 10년 동안 이메일로, 카카오톡으로 소식을 전해 주셨고, 다큐멘터리뿐만 아니라 사석에서도 석은옥 사모님을 뵙는 특별한 시간을 누렸습니다. 가까이에서 자녀교육, 워킹맘의 시간 관리, 남편 내조 등에 관해 물어볼 시간이 있었지만, 의외로 답변은 '심심'하리만큼 '심플'했습니다. 모든 순간, '말씀과 기도대로' 임하셨다는 것!

석은옥 사모님의 길을 조금이라도 닮아가고자 했지만, 결코 쉽지는 않았습니다. 그 차이가 무엇인가 곰곰이 생각해 보니, 매일 주님을 가까이하며, 인간적인 감정이나 조건에 휘둘리지 않으시고, 주님께 철저히 의지하며 '순종'하시며 사셨다는 것입니다.

마지막으로 제가 그동안 석은옥 사모님을 만나 뵈면서 본받고 싶은 부분, 배운 부분을 남겨보려 합니다.

첫째, 늘 온화한 눈빛과 상냥한 미소로 상대방의 말에 귀 기울여 주기!

둘째, 화려하지 않지만 우아하게 멋을 내며, 주얼리나 스카프 등 패션센스를 갖추기!

셋째, 작은 선물이나 호의에도 꼭 감사의 마음을

표현하기!

넷째, 적은 금액일지라도 나보다 남(장학재단, 협회 등)을 위해 소중하게 쓰기!

다섯째, 열심히 배워서 남 주는 삶을 살기! (하프를 배워서 가르치시는 일 등)

여섯째, 자신을 적극적으로 알릴 뿐만 아니라 주변에 당당하게 도움을 청하기!

일곱째, 변화하는 시대를 잘 적응하며, 배움에 게으르지 않기!

여덟째, 건강을 유지하며 즐겁게 운동하고 긍정적으로 지내기! (탁구대회 1등)

아홉째, 항상 소녀의 마음으로 순수함과 호기심을 갖기!

열 번째, 철저하게 준비하고 작은 약속도 소중하게 지키기!

마지막으로 주님의 말씀 안에서 항상 기뻐하며, 순종하는 삶을 살기!

석은옥 사모님, 믿음의 롤모델이 되어 주셔서 감사합니다!

건강하세요! 행복하세요!

추천사

책추남TV 북튜버 책추남 코코치 조우석

석은옥 사모님을 떠올릴 때마다 떠오르는 단어는 '글로벌 신사임당'입니다. 제가 붙여드린 별명(?)이기도 하지요. 드라마 '눈먼 새의 노래', 또『해피 라이프』나,『나는 그대의 지팡이, 그대는 나의 등대』와 같은 저서들과 강영우 박사님의 여러 베스트셀러들과 언론들을 통해 석은옥 사모님께서 어떤 삶을 살아오셨는지는 널리 알려져 있어, 이에 대해서는 다시 말씀 드릴 필요는 없을 듯합니다.

단지 제가 경험하고 느낀 석은옥 사모님에 대해서 말씀드려보고자 합니다.

누군가 제게 "석은옥 사모님은 어떤 분이신지 한

마디로 설명해 주시겠어요?"라고 물으신다면 그 한 단어는 바로 '아름다움'입니다. 조금 더 부연해서 설명해 달라고 요청받는다면 "석은옥 사모님은 영혼과 육신 모두가 아름다운 분이십니다"라고 덧붙일 것 같고요. 하나님께서는 어쩌면 그렇게 아름다운 외모와 더불어 그보다도 더 아름다운 마음과 영혼을 주셨을까? 하는 생각을 저절로 하게 만드시는 분이시지요.

꿈과 희망으로 풍요로웠지만 가난했던 하버드 유학 시절, 사모님께서 물심양면으로 나누어주셨던 졸업 선물들과, 사모님이 한국에 방문하셨을 때 고향이셨던 군산의 모교들과 아버님께서 재직하셨던 학교들을 함께 여행했던 추억들, 한국에 오실 때마다, 또 제가 미국의 자택을 방문할 때마다 잊지 않고 꼭 챙겨주시는 따뜻한 사랑이 담긴 카드와 선물들, 그리고 결혼식 때 제 아내에게 선물해주신 사모님 어머님께서 물려주신 다이아몬드 반지까지….

무엇보다 만나실 때마다 들려주시는 사모님의 아름다운 삶의 모습들과 영혼의 말씀들이 가장 큰 선물이 되었습니다.

그동안의 은혜롭고 아름다운 삶의 추억들이 소중히 담긴 팔순 기념 화보집 출판을 진심으로 축하드립니다.

老(노) 철학자
김형석 교수의 속삭임

김형석교수

생명보다 더 귀한 것이 뭘까요…?

나이가 드니까
나 자신과
내 소유를 위해 살았던 것은
다 없어집니다.
남을 위해 살았던 것만이
보람으로 남습니다.

만약 인생을 되돌릴 수 있다면?
60세로 돌아가고 싶습니다.
젊은 날로는 돌아가고 싶지 않아요.
그때는 생각이 얕았고,
행복이 뭔지 몰랐으니까요.

65세에서 85세까지가
삶의 황금기였다는 것을
그 나이에야 생각이 깊어지고,
행복이 무엇인지,
세상을 어떻게 살아야 하는지를
알게 되었습니다.

나이가 들어서 알게 된 행복은?
사랑하는 사람을 위해
함께 고생하는 것…
사랑이 있는 고생이
행복이라는 것…

맑은 정신상태로는
잘 가본 적이 없는 경지
육신의 나이가 거의 100세에
다다르는 한 석학이
후배 60~70대 젊은이(?)들에게
이야기합니다…

살아보니…
지나고 보니…
인생의 가장 절정기는
철없던 청년 시기가 아니라…
인생의 매운맛,
쓴맛 다 보고…
무엇이 참으로 좋고
소중한지를 진정
음미할 수 있는 시기
60대 중반~70대 중반이
우리 인생의 절정기입니다.

그렇구나…
나의 인생은 우리의 인생은
아직도 진행형이고
상승기 절정기인 것을~^^
누가 함부로 인생의 노쇠를
논하는가?
인생의 수레바퀴…

인생의 드라마가…
어떻게 돌아갈지 또한
알 수 없지요.
그게 삶이고 인생입니다.

출처 : 김형석 교수 '2019년 6월 29일 조선일보'에서

풍성한 사랑을
베풀어주신 부모님

무남독녀 외동딸 석은옥

2022년 1월을 맞이하면서 나에게 특별한 날. 팔순 잔치를 고대하며 기다렸다. 그리고 지난달 두 아들 가족이 마련해 준 잔치에 나와 동갑 말띠 친구들을 초청하여 행복한 시간을 보냈다.

▲ 〈동갑 말띠 친구들 초청〉

▲ 〈진영이가 보낸 80 생일 카드〉

▲ 〈석은옥 80생일잔치를 받았지요〉

▲ 〈석은옥(본명 석경숙) 팔순잔치〉

▲ 〈팔순잔치 두 아들 가족과 함께〉

▲ 〈강영우장학재단 후원자들(맹인이신 이동일 장로님과 정기용 전 한미신보 발행인, 그리고 박춘근 장로님 내외)〉

▲ 〈말 그림1〉

▲ 〈말 그림2〉

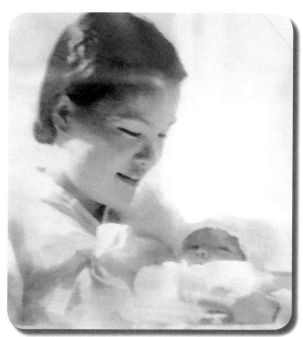
▲ 〈어머니 품에 안긴 모습〉

　1942년 5월 29일 서울 청량리 시립병원에서 하나님
의 축복 가운데 저에게 생명이 내렸다. 이 세상에 태어
나 어머니 품에 안긴 나의 모습이 담긴 사진은 80년 전
의 것이다.

　부친 석도명 선생은 평양에서 출생하신 후 운동에
재능이 있으셔서 운동선수로 활동하셨고, 청소년 시
절에 수영선수로 대동강에서 다이빙한 소년으로 널
리 알려졌으며 고등학교를 졸업하고 일본체육전문대
학에 유학을 가셔서 체육 교사 자격을 받으셨다. 이
후 남한으로 내려오시어 서울시 서대문구 농업 은행

에 근무하셨던 이정현 사무원과 행복한 가정을 이루셨다.

무남독녀 외딸로 부모님의 사랑을 독차지하면서 교직에 계셨던 아버지를 따라 숭실, 고창, 전주농업고등학교 등을 거쳐 6.25를 겪었다. 아버지께서 군산고등학교 학생주임 겸 체육 교사로 6년을 교직에 계실 때, 나는 군산초등학교 3학년이었고 무용반에서 활동하면서 어린이 나비춤을 배웠다. 그것이 계기가 되어 1952년 크리스마스 성탄절에 교회에 초청받아 예수님 탄생 축하공연으로 천사들의 춤을 추게 되었고 처

▲〈초등학교 때 천사의 춤을 춘 모습〉

▲〈5살 때 아버지와 함께〉

음 교회에 들어가게 되었다. 그 후부터 친구들과 함께 어린이 주일학교에 출석하며 지금까지 예수님을 나의 구세주로 섬기며 살아가고 있다.

▲ 〈한자 명패〉

믿음, 소망, 사랑 그중에 제일은 사랑이라

'나누는 삶'에 눈떴던 청소년 시절

중학교에 입학하여 교복을 입고 학교에 다니는 나이가 되니 장래 어떤 사람이 되어야 할지 생각하게 되면서 위인전들을 찾아 읽기 시작했다. 그중 나에게 큰 감명을 준 책은 나이팅게일과 페스탈로치의 삶을 다룬 위인전이었다. 페스탈로치는 초등학교 창시자이며 가난한 사람의 구원자, 국민의 선교사, 고아의 아버지, 참된 기독교인, 참된 시민, 남을 위하여 모든 것을 하였으나 자기를 위해서는 아무것도 아니하였던 사람으로, 그의 묘비에 새겨진 글마저 그가 이상적인 교육자상이었음을 나타내고 있었다. 또 다른 위인 나이팅게일의 희생정신도 빼놓을 수 없었다. 간호사로 전쟁터에 나가 상처 입은 병사들을 돌본 그녀의 헌신적인 삶을 존경하게 되었고, 훗날 적십자사의 정신을 배워 대학 시절 청년봉사회 부회장으로 열심히 참여했다. 성경에 나온 착한 사마리아인의 이야기에 은혜를 받으면서 믿음, 소망, 사랑, 그중에 제일은 사랑이라는 말씀이 나의 좌우명이 되었다.

▲ 〈군산여중 1학년 시절〉

▲ 〈85세 어머니가 61세 딸과 함께〉

▲ 〈85세 친정어머니의 친필 서신〉

네 이웃을 네 몸과
같이 사랑하라

적십자사 그리고 맹인소년 강영우

▲ 〈서울사대부고 교훈 부채〉

Friends from heaven above

▲ 〈수원성에 가서 부고 12회 동기 손성혜와 함께〉

1957년 내 고향 서울로 올라와 을지로 5가에 있던
서울대학교 사범대학 부속 고등학교에 입학하였다.
"올바른 사람이 되자, 튼튼한 사람이 되자, 쓸모 있는
사람이 되자, 따뜻한 사람이 되자, 끝을 맺는 사람이
되자"라는 교훈을 품고 페스탈로치 선생님의 삶을 나

의 롤 모델로 삼으며 나도 훌륭한 교사가 되어야겠다
는 꿈을 품었다. 을지로 5가에 있었던 교정에서 청소
년기를 보낸 추억이 새롭다….

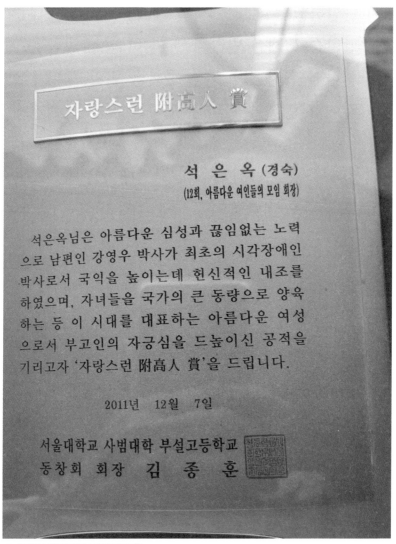

자랑스런 附高人 賞

석 은 옥 (경숙)
(12회, 아름다운 여인들의 모임 회장)

석은옥님은 아름다운 심성과 끊임없는 노력
으로 남편인 강영우 박사가 최초의 시각장애인
박사로서 국익을 높이는데 헌신적인 내조를
하였으며, 자녀들을 국가의 큰 동량으로 양육
하는 등 이 시대를 대표하는 아름다운 여성
으로서 부고인의 자긍심을 드높이신 공적을
기리고자 '자랑스런 附高人 賞'을 드립니다.

2011년 12월 7일

서울대학교 사범대학 부설고등학교
동창회 회장 김 종 훈

▲ 〈자랑스런 부고인 상(사대부고)〉

나는 무남독녀로 자라면서 어린 시절부터 어린이들을 좋아하여 교사가 되고 싶은 꿈이 있었고, 유년부 주일 교회 학교에서 어린이들을 지도하면서 친구 아버지께서 담임하셨던 천호동 제일 감리교회에서 성낙준 목사님의 학습 세례를 받았다. 열심히 성경 말씀을 배우면서 하나님의 자녀가 되는 축복을 받았고 이웃을 네 몸과 같이 사랑해야 한다는 귀중한 말씀을 새기게 되었다.

　　열심히 공부했으나 서울대 사범대학은 못 가고, 막내 고모가 나오신 숙명여대 영문과에 1961년 입학하였

▲ 〈숙명 여대 입학기념 뱃지를 달고 어머니와〉

다. 후일 하나님께서는 내가 원하는 것보다 더 좋은 길로 늘 나를 인도해 주셨음을 알게 되었다.

그해 미국 케네디 대통령이 세계 평화봉사단을 결성하신 후 "국가가 당신을 위해 무엇을 할 수 있는가를 묻지 말고 당신이 국가를 위해 무엇을 할 수 있는지 물으십시오! 동료 세계시민들이여, 미국이 세계를 위해 무엇을 할 수 있는지 묻지 말고 당신들이 세계평화를 위해 무엇을 할 수 있는지 물어보십시오!"라고 연설한 내용은 나에게 큰 감동을 주었다.

그 후 대학생이 되어 종교, 민족을 떠나 하나님의 사랑을 실천함에 있어 순수한 마음으로 이웃의 고통을 함께하고자 대한적십자사 청년봉사회에 가입해서 농어촌봉사, 미아 보호 등의 봉사활동을 시작하였다. 숙명여대에 입학하니 군산 여중에서 함께 청포도 클럽으로 활동했던 친구 윤단용, 김진희를 다시 만나게 되었고, 그들의 소개로 하나님을 경외하고 선한 여인을 양성하는 걸스카우트 지도자 훈련을 받았다. 특별히 숙명여대 건학이념인 '정숙, 현명, 정대'란 교훈을 가슴에 깊이 품고 정숙하고 현명한 여인이 되어 큰 뜻을 이루겠다는 소망을 꿈꾸게 되었다.

1961년 5월 셋째 주일 오후 2시, 광화문 소공동 조선일보사 옆에 자리 잡은 한국 걸스카우트 본부에서 교육을 함께 받던 여대생 10여 명이 지난달 서울 맹학교에 입학한 강영우 맹인 소년을 돕자는 프로젝트에 동참하게 되었다. 난생처음 보는 맹인 소년은 중학생 교복을 입고 우리 방을 더듬어서 들어왔다.

그때 우리의 만남은 나의 운명을 180도로 바꾸어 주었고 하나님의 크신 축복이 있었음을 간증하고 싶다.

성령님의 도우심으로 나에게 용기가 생겼다. 나는 자원해서 광화문 사거리 버스 정류장까지 그를 안내하

▲ 〈군산중학교 친구들(청포도 클럽)〉

게 되었고 그 후 자원봉사자로 1년, 오누이로 6년을 친
남매같이 아낌없는 아가페 사랑을 나누며 말로 표현할
수 없는 기쁨과 행복으로 물들어가는 시간을 보냈다….

▲〈맹학교 영어학원 다닐 때〉

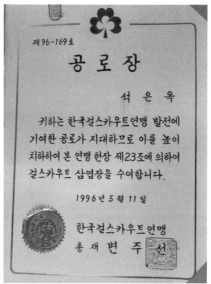
▲〈걸스카우트 공로장〉

▲〈학생 강영우〉

내 삶의 터닝 포인트

오누이로 6년, 축복의 만남!

▲ 〈고3 강영우〉

　1년간 자원봉사자로 맹학교에 방문하여 점자책 읽기가 서툰 영우에게 책을 읽어주면서 개인 가정 형편을 듣게 되었다. 고향은 경기도 양평군 서종면 문호리, 4남매 중 둘째 큰아들로 출생했고, 아래 남동생 여동생이 있으며 조부모님을 모셨다. 6.25 전까지 집에 큰 농지도 있고 운송선도 있어 넉넉한 생활을 하며 행복하게 초등학교에 다녔다고 한다.

　1953년 휴전이 되었으나 운송선도 다 파괴되었고 집도 타버려 생활이 어렵게 되니 아버지께서 서울 전매청에 취직하시며 친척들이 사는 동대문구 근처로 이사를 왔다. 그런데 1년이 못 되어 아버지가 병환으로 돌아가시게 되면서 집안에 어려움이 연달아 일어나게 되었다. 영우는 근처 중학교에 입학했고 다행히 어머니가 아버지가 다니셨던 전매청 일을 하시게 되어 근근이 생활은 이어갈 수 있었다. 1958년 중학교 3학년 때, 하교 후 친구들과 축구를 하며 골키퍼를 맡아 재미있게 놀던 중 코너킥으로 들어오는 공이 영우의 왼쪽 눈을 세차게 때리고 지나갔다. 그 사고로 망막박리 질환이 생겨 시력을 잃어가게 되었고 백방으로 1년 5개월 동안 치료를 받았으나 완치가 되지 않아 을지로 5가에 있던 국립중앙의료원으로 입원했다.

모태 교인으로 출생한 그는 어머니와 함께 하나님께 매달려 기도하며 농지를 팔아 치료비를 수납하고 9개월간 수술과 치료를 받았으나, 결국은 회복할 수 없다는 의사의 진단이 내려졌고 어머니는 "내 아들이 장님이 된다."라는 충격에 뇌출혈로 세상을 떠나셨다. 이제 4남매는 부모 잃은 고아가 되었다. 우선 고등학생이었던 누나가 학업을 중단하고 동대문 평화시장 봉제공장에 취직하여 일하면서 맹인 동생과 그 아래 두 동생을 보살폈다. 그러나 갑자기 불어닥친 고생은 17살 소녀가 견디어 내기에는 너무 힘들고 벅찼고, 결국 폐결핵에 걸려 어머니가 돌아가신 지 16개월 만에 누나마저 세상을 떠났다….

영우는 '이제 맹인이 된 나는 13살 남동생과 10살 여동생을 어떻게 돌보며 살아야 하는가? 왜 이런 고통을 선한 목자 되시는 하나님께서 나에게 주시는가, 내가 무슨 벌을 받은 것인가, 장님으로 어떻게 살아야 하는가, 차라리 자살하자!'라고 마음먹었다고 한다. 병원에서 주는 약을 모아서 한꺼번에 먹었으나, 본인도 모르게 진통으로 몸을 마구 움직였더니 간호사가 달려와 죽지 못하고 있었는데….

병원에 사회사업가가 찾아와 가정 형편을 듣고 여동생은 고아원, 남동생은 철물점에서 일하며 거처할 수 있는 곳을 찾아주었고, 영우를 서울 맹학교 기숙사로 보내주었다는 것이다. 이 슬픈 사연을 들으며 나도 함께 울었다.
'내가 이 맹인 소년을 위해 무엇을 할 수 있는지요…. 하나님 지혜를 주세요. 힘을 주세요.' 하고 기도

하였다. 그 순간 성령님이 나의 마음을 뜨겁게 하시며 '네가 영우의 누나 역할을 해주면 된다. 너는 형제도 없으니 좋은 기회란다.' 이렇게 나를 인도해주는 것이었다. 이 기쁜 생각이 들자마자 집에 와서 부모님과 상의하고 영우의 맹학교 기숙사로 편지를 보냈다. 매 주말 맹학교를 방문하고 "내가 누나 역할 해줄게…" 라고 하며 그 후 6년간을 친남매처럼 지냈다.

▲ 〈맹학교 시절 학교 소풍〉

장애인에 대한 새로운 세계에 눈뜨다

미국에서 재활교육 1년 연수

시각장애인 동생이 생긴 후 그의 일거일동을 관찰하게 되면서 일반 학생들의 지도교사가 되는 것이 아니라 시각장애 아동들을 지도하는 특수 교사가 되고 싶은 생각이 들었다. 특수 교사에 대해 찾아보니 당시엔 시각장애인 교사를 양성하는 기관이 없다는 것을 알게 되었다. 고민하던 중, 영우의 마지막 안과 진료를 담당하셨던 구본술 박사님께서 미국 안과의사협회에 다녀오신 후 성모병원에 맹인 재활센터를 만들 계획이 있다고 하시면서 나에게 1년 프로그램으로 미국에 가서 맹인 재활교육을 받고 와 같이 일하자고 제안하시는 것이었다. 참으로 좋으신 하나님, 언제나 나의 기도를 듣고 계신 주님은 알맞은 시기에 나를 사용해 주시며 축복해주셨다.

펜실베이니아주 정부 재활청 특수 교육부 시각장애 담당이신 맹인 요더 박사님을 소개해주시며, 1967년에서 1968년 1년간 모든 교육 프로그램을 편성해주셨고 비용은 안과의사 부인회에서 후원해주시기로 하셨다. 나는 혼자 미국 맹인 재활 교육연수를 받으러 9월 6일 김포공항을 출국했다.

그때 영우는 서울 맹학교 중·고등부를 거의 마치고 대학에 진학할 시기였다.

1967년 9월 첫 미국행 비행기를 타고 펜실베이니아주 해리스 버그 주 청사에 도착하여 가까운 곳에 사는 의사부인회 크레이그 회장님의 안내를 받아 주 정부 프로그램을 견학하는 것으로 나의 일정이 시작되었다. 시각장애인 어린이 교육부터 대학 입학제도, 성인 재활, 직업교육시설, 도서관 등 미 동부 지역의 많은 기관을 견학하게 되었는데, 그중에서 보스턴 근교에 있는 퍼킨스 맹학교를 방문한 것이 인상 깊게 남아있다. 3중 장애를 극복하고 장애인으로 세계에서 가장 존경받은 헬렌 켈러가 다니신 학교였기에 다가오는 바가 컸다. 이후 뉴욕의 Light house for the Blind 등 여러 곳을 방문했고 마지막으로 펜실베이니아 피츠버그에 있는 맹학교에서 3달 동안 기숙사에 머무르며 여러 가지 교생실습을 받았는데, 흰 지팡이를 사용해서 독립적으로 도로를 보행하고 사거리를 건너 대학 강의실을 찾아 걸어가는 맹인 학생들의 기적과 같은 모습에 감탄이 나와 그들에게 큰 관심을 두게 되었다.

그렇게 보행 지도교사 자격을 받고 싶어 문의한 결과 그 학교에서 멀지 않은 재활학교에서 3개월간 진행되는 프로그램이 저녁시간에 있다고 하여 프로그램을 신청하고 수료했다. 그 자격증으로 한국인 최초 여성 시각장애인 보행 지도교사가 되었다.

훗날 한국에 돌아와 공병우 안과 원장님이 세우신 천호동에 있었던 중도 실명 재활원에서 부소장 겸 보행 지도교사로 1년 근무했다. 1년간의 미국 연수 교육을 받는 동안 나는 매일 한국에 있는 강영우 동생에게 내가 보고 배운 것을 알려주었으며 열심히 공부하여 한국에서 대학을 마치고 미국 유학의 꿈을 세우라고 격려해주었다.

▲ 〈1968년 미국 교육 연수〉

〈헬렌 켈러의 글〉

'사흘만 볼 수 있다면(Three days to see)'

"첫째 날에는 친절과 겸손과 우정으로 내 삶을 가치 있게 해준 설리번 선생님을 찾아가 이제껏 손끝으로 알던 그녀의 얼굴을 몇 시간이고 물끄러미 바라보면서 그 모습을 내 마음속에 깊이 간직해 두겠다. 그리고 밖으로 나가 바람에 나풀거리는 아름다운 나뭇

잎과 들꽃들 그리고 석양에 빛나는 노을을 보고 싶다.

둘째 날에는 먼동이 트며 밤이 낮으로 바뀌는 웅장한 기적을 보고 나서 서둘러 메트로폴리탄에 있는 박물관을 찾아가 종일 인간이 진화해온 궤적을 눈으로 확인해 볼 것이다. 그리고 저녁에는 보석 같은 밤하늘의 별들을 바라보면서 하루를 마무리하겠다.

마지막 셋째 날에는 사람들이 일하며 살아가는 모습을 보기 위해 아침 일찍 큰길에 나가 출근하는 사람들의 표정을 볼 것이다. 그러고 나서 오페라하우스와 영화관에 가서 공연을 보고 싶다. 그리고 저녁이 되면 네온사인이 번쩍이는 쇼윈도에 진열된 아름다운 물건들을 보면서 집으로 돌아와 나를 사흘 동안만이라도 볼 수 있게 해주신 분들께 감사기도를 드리고 다시 영원히 암흑의 세계로 돌아가겠다."

헬렌 켈러가 그토록 보고 싶어 한 일을 우리는 날마다 아무 대가를 주지 않고 경험한다. 하지만 우리는 그것이 얼마나 놀라운 기적인지 알지 못한다. 아니 누구나 경험하고 사는 것처럼 잊고 지낸다. 그래서 헬렌 켈러는 이렇게 말했다. "내일이면 귀가 안 들릴 사람처럼 새들의 지저귐을 들어보라… 내일이면 냄새를 맡을 수 없는 사람처럼 꽃향기를 맡아보라… 내일이면 더 이상 볼 수 없는 사람처럼 세상을 보라…."

이 말은 내일 이 모든 것을 할 수 없게 된다면, 오늘 내가 할 수 있는 일이 얼마나 소중한 기적인지 깨달을 수 있을 것이란 뜻이다. 헬렌 켈러는 절대 포기하지 않고 자신은 물론 전 세계 맹농아들의 재활과 복지, 인간 정신문화에 큰 공헌을 했다.

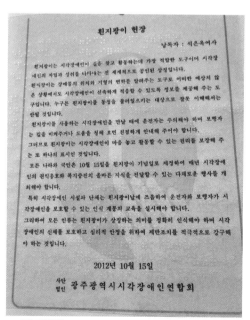

▲ 〈흰 지팡이〉

1967년에서 1968년 동안 미국에서 시각장애인 재활교육 연수 과정 중 귀한 만남을 많이 가지게 되었는데 그중 하나가 중국 선교사의 딸로 소설『대지』를 써서 노벨 문학상을 받은 펄 벅 여사와의 만남이었다. 펜실베이니아주 해리스버그 시에서 한인 입양 가족들 간의 모임이 있었는데, 펜실베이니아 주지사 특별 보좌관으로 계셨던 자퍼스 여사가 나의 연수 교육 기사가 지역 신문에 나온 것을 보고 연락을 하셨다. 이분은 한국 선교사의 딸로 세브란스 병원에서 출생, 혼혈 한인 고아들을 여러 명 돕고 있었는데 내가 한국에서 시각장애인 강영우 학생을 돕는다는 기사를 보고 초청한 것이다.

▲〈1968년 펄벅여사와 만남〉

그렇게 나는 펄 벅 여사를 만날 수 있었다. 그날 펄 벅 여사는 지난 5년간 맹인 학생을 돕는 것에 대해 칭찬하시며 "세상이 어둡다고 불평하지 않고 스스로 하나의 촛불이 되어 자신을 희생하며 어둠을 밝힌 한국의 젊은 여성이 이 자리에 참석했습니다."라고 격려해주셨다. 나는 1년간 미국 연수 교육을 잘 마치고 한국에 돌아가서 큰일을 하기 바란다는 말씀을 가슴 깊이 새겼다. 그 후 1990년 종로서적에서 강영우, 석은옥 공저로 첫 책을 출간했을 때 책 제목을『어둠을 비추는 한 쌍의 촛불』이라고 붙인 데에는 이와 같은 연유가 있었다. 자퍼스 여사를 만나게 된 곳에서는 후일 미국 유학을 오는 데 로타리 장학금을 받을 수 있도록 추천해 주기도 하였다. 내가 미국에 가 연수 교육을 받은 것은 나의 전문직 훈련을 넘어서 장차 강영우 씨의 미국 유학에 길을 준비시키려는 하나님의 계획이 있으셨기 때문임을 후일 깨닫게 되었다. 1972년 결혼한 뒤에는 피츠버그시에 있는 University of Pittsburgh에 유학을 오게 되었고 3년 전 나를 후원해 준 의사부인회에서 많은 도움을 받았다.

▲〈어둠을 비추는 한 쌍의 촛불〉

▲〈1972년 미국PITT 대학원 가면서〉

▲〈1968년 2월 지방신문에 났던 기사〉

1968년 10월, 1년간의 미국 연수 교육을 마치고 돌아왔을 때 영우 동생은 연세대 문과대학 교육과에 입학하여 1학기를 잘 적응하고 있었고, 나는 계속 누나의 역할을 하며 일상생활을 도와주었다. 7년 전이었던 1961년은 국립중앙의료원에서 만난 이선희 사회사업가가 미국 연수 교육을 받으러 로스앤젤레스 굿윌 기관에 방문했을 때였는데, 그곳 지점장 맥닐부부께서 자녀 없는 신실한 기독교인인 것을 알게 되었고, 강영우 씨를 소개한 것이 인연이 되어 서울 맹학교 재학시절 조금씩 후원을 받다가 대학교에 입학하게 되니 학비와 생활 보조금을 매달 지원받을 수 있었다. 강영우 씨의 이모도 도와주어 영우 씨는 연세대 근처에 숙소를 마련할 수 있었다.

그때 내 나이 26살이 되니 어머니가 서둘러 결혼해야 한다며 선을 보게 하셨다. 나는 그 당시 내가 미국 연수 교육을 받도록 추천해주신 성모병원 구본술 박사님을 모시고 맹인 재활원을 설립하시는 것을 도와드렸으며, 또 공병우 안과 병원 원장님이 세우신 천호동 맹인 재활센터에서 중도 실명한 맹인들에게 보행 지도를 하고 있었다. 미국에 다녀왔다는 나의 이력을 보고 내가 굉장한 집 따님인 것으로 생각한 맞선 상대자들은, 내가 "나는 맹인 남동생이 있고 평생 맹인 교육사업에 종사할 것이다"라고 밝힐 때마다 다 놀라고 실망하는 눈치여서 더 이상 대화를 진전하지 않았다. "아침에 장님을 보면 종일 재수가 없다."라는 미신을 믿던 시절이었기에…. 그리고 그 만남의 내용을 영우 동생에게 다 말해주었다.

그 후 또 농대를 나와 미국에 가서 연수 교육을 받고 온 사람과 선을 보게 되었는데, 이번에는 내가 맹인 교육에 종사하리라는 것을 말해주니 "참 마음이 착한 사람이군요."라고 흔쾌히 말하고 영우 동생을 만나고 싶다고 하여 선보는 자리에 데리고 함께 나갔다. 우리 두 사람의 대화가 잘 흘러가는 것 같아 나는 집에 돌아오는 길에 영우 동생에게 물었다. "오늘 선본 사람 어때? 괜찮지?" 허물없이 친남매 동생에게 말하듯 얘기하였는데… 동생은 의외의 반응을 보이면서 "그 사람 직업이 별로 장래성이 없고 두 사람은 잘 안 맞는 것 같아…." 하고 이런저런 예를 들어가면서 나를 설득했다.

강영우, 동생에서 남자로 청혼하다

평생의 동역자가 되기로 결심

1968년 12월 학기말 시험 때, 대필자로서 시험을 모두 보고 백양로 길을 걸어 나오는데 영우가 말하기를 "그렇게 좋은 사람을 찾기 힘들면 나에게 시집오면 어때?"라고 하는 것이었다.

나는 깜짝 놀랐다. 어쩌면 그런 가능성이 있다는 것을 전혀 생각하지 못했는데… 처음 만났을 때는 중학생 교복을 입고 있어서 5살 정도 어리게 생각하고 자연스럽게 누나 역할을 해주었고, 그 후 학교 성적표를 보고 정확하게 1년 4개월 위라는 걸 알았을 때도 별문제가 되지 않았다. 그리고 계속 친남매처럼 지내면서 오로지 도와주는 것만 생각했었는데… 내가 26살이 되니 영우 동생은 25살이 되는 것이었다. 서로 대학생, 성인이 되었고 미국 유학을 계획하고 있었으니 평생을

▲ 〈1968년 약혼 기념 사진〉

나와 함께하면 좋겠다는 생각을 한 것이었다.

"나에게 시집오면 어때?" 마치 하나님이 나에게 내가 너를 오래전에 택하여 영우를 돕는 배필이 되도록 훈련을 시켰고 지금 그 길로 인도하고 있다고 말씀하시는 것 같았다. "네 시작은 미약하였으니 네 나중은 심히 창대하리라." (욥기 8-7)

'두려워 말라, 내가 너와 함께하리라.'라고 하시는 음성을 듣고 백양로 그 자리에서 "그렇게 하자"라고 대답해주었다. 부모님의 허락을 받아야 한다는 생각도 없이…. 그리고 집에 와서 고민했다. '혼자이신 어머니께 어떻게 말해야 하나… 더 이상 선을 안 보겠다는 이유를….'

우선 "미국에서 알던 유학생이 곧 귀국하는데 그분

을 생각해볼 터이니 좀 기다리세요."라고 말하고 시간을 벌기 위해 기도했다. 한 달 후 신촌 로터리 교회를 열심히 다니시던 어머니에게 사실을 고백하였다.

"어머니, 사실은 영우와 3년 후 대학 졸업하고 바로 결혼하여 미국 유학을 하러 갈 거예요. 그리고 미국에서 박사학위를 받은 후 취직해서 어머니를 미국으로 초청할게요. 그것이 하나님의 뜻이랍니다. 그래서 저를 먼저 미국에 보내시어 많은 사람을 만나게 하시고 길을 예비해주셨어요. 어머니도 기도해보세요…." 처음에는 너무 실망하셨다. 어머니께서는 "6년 누나로 도와주었으면 충분하다. 평생을 어떻게 그 어려운 삶을 살려고 하니…."라고 말씀하시며 우려를 내비쳤다. 착한 데릴사위를 맞아 너와 같이 지내고 싶다고 하셨으나 이미 하나님이 주신 사명을 순종해야 한다고 결정한 나의 마음은 변할 수가 없었다.

그 후 1987년, 우리가 미국 시민권을 받게 된 후 어머니를 미국으로 초청하였고, 어머니는 우리가 사는 인디애나 근처 시카고 노인 아파트에 거주하시며 한인 교회에 출석하셨다. 행복하게 장모님의 대우를 받으시면서 딸 하나 열 아들 못지않게 잘 키우셨다고 칭찬받

으셨다. 그리고 사위보다 더 오래 97세를 장수하시고
사위 옆 무덤에 안치되셨다.

▲ 〈3년간 약혼기간 어머니집에서〉

▲ 〈연세대 졸업식 1972년 2월〉

▲ 〈연세대 교정 언더우드 동상 앞에서〉

▲〈1968년 연세대 백양로〉

▲〈연세대 교정에서〉

▲ 〈1972년 숙명여대 졸업사진〉

▲ 〈연세대 교정에서 청혼〉

어둠을 비추는 한 쌍의 촛불

아가페 사랑 10년의 결실, 결혼

3년간 외부에는 알리지 않고 서로 누나 동생 역할을 하던 우리는 연세대 졸업 후 바로 미국 유학 준비를 하나하나 해나갔다. 우선, 내가 미국 연수 교육 기간에 만난 분들에게 우리의 약혼을 알렸고, 미국 유학을 하러 가고 싶다는 뜻을 전했다. 많은 분이 나의 결정을 칭찬하며 격려해주시고 장학금을 신청하라고 하시면서 내가 3개월간 머물렀던 맹학교 근처 UNIVERSITY OF PITTSBURGH 대학원에 입학원서를 제출해보라고 하였다.

정보를 받고 진행하여, 큰 꿈을 향해 열심히 준비한 결과 1972년 9월 신학기에 UNIVERSITY OF PITTSBURGH 대학원에 입학허가를 받았다. 출국 준비와 동시에 연세대 졸업 5일 후, 1972년 2월 26일 토요일 오후 2시 종로5가 기독회관에서 결혼식을 올렸

▲ 〈강영우, 석은옥 결혼〉

다. 결혼식 준비 청첩장은 1달 전에 돌렸다. 모두 놀랐다. 친한 누나인 줄로만 알았는데…. 한국일보 주간지에 특집기사로 "아가페 사랑 10년, 수재 강영우와 연상의 여인 석은옥 결혼. 축하와 격려, 그와 반대로 실망하는 여자친구들, 미국 유학까지 갔다 와서 잘나가는 줄 알았는데 고아에 맹인과 결혼?"이라는 제하의 자극적인 기사까지 실렸다. 그러나 나는 행복했다.

하나님께서 인도해주신 축복임을 확신하기 때문이었다. 부끄럼 없이 활짝 웃는 신부의 모습에 하객분들이 많이 놀랐다고 한

▲ 〈결혼 25주년 기념사진〉

다. 무엇이 저렇게 좋을까? '하나님 감사합니다. 저를 주님의 기쁨이 되는 도구로 사용해주심을… 열심히 행복하게 잘 살겠습니다.

그리고 하나님께 영광을 올리도록 노력하겠습니다.' 그리고 신랑 강영우 씨가 좋아하는 바다, 해운대로 신혼여행을 떠났다.

▲〈결혼식 액자〉

▲〈결혼사진 및 신혼여행〉

▲ 〈결혼식 사진〉

▲ 〈20년 후 같은 장소(해운대)〉

미국 유학길에 오르다

3년 7개월간의 고군분투 생활

'참 좋으신 하나님, 감사합니다.' 1961년에 시작한 나의 삶에 복을 주시고 인도하시어 희망을 품고 신혼부부가 되어 미국행 비행기에 올랐다. 강영우 씨는 청혼을 받아준 나에게 새로운 이름을 지어주었다. 우리가 만난 이후의 첫 10년은 나의 성씨 '돌 석'을 기준으로 돌밭을 헤치고 걸어온, 아직도 대학 졸업할 때까지 3년을 잘 견뎌내야 하는 '석의 시대', 그리고 연세대 졸업과 동시에 결혼식을 올린 1972년에서부터의 10년을 하나님의 은혜 가운데 행복한 가정을 이루고 박사학위를 받은 '은혜의 시대', 그 후 1982년부터의 10년은 받은 축복에 감사하여 하나님께 영광을 올려드리는 '옥의 시대'라고 하여 내 이름이 '석은옥'이다. 1961년~1971년, 10년의 '석의 시대'를 지나 1972년 '은혜의 시대'가 시작된 것이다. 그렇지만 이 기간 안에도 문교부의 장애인 유학 결격 사항을 제거해야 했고, 그 외 많은 어려움도 극복해야 했었다.

PITT 대학원 9월, 학기가 시작되었다. 학비는 로타리 장학금으로 충당하였고, 생활비는 학교 내 아시안 교육 지원센터에서 받았다. 학교 근처 오래된 아파트를 구매하여 걸어 다닐 수 있었고, 나는 남편을 강의실로 안내해야 했으며, 교과서를 녹음 도서로 만들어야 했다. 혼자서 하기에 시간이 부족하면 학교 내의 자원봉사기관에 가서 책을 주고 녹음 도서를 만들어 달라고 부탁하였다. 생활비 200불을 받아 90불은 아파트 거주비로 내고 110불은 두 사람 생활비에 사용해야 했다. 그 당시 1972년에는 유학생들도 많지 않았으며 대부분 사정도 어려웠다. 학교와 도서관 가는 것 외에는 걸어서 식용품 가게 가는 것이 전부였고 좀 먼 곳을 가야 하면 대중 교통수단인 버스를 이용했다. 다행히 한인교회가 학교 근처에 있고 한인들을 만날 수 있어 도움도 받았다.

남편은 하루 4시간~5시간 정도 자고, 밤낮으로 점

자책을 소파에 기대어 배 위에 올려놓고 녹음 도서를 들으며 학업에 정진했다. 다행히 교육을 전공하는 학우들은 시각장애인에게 친절했으며 강의 내용을 도와주기도 했다. 그렇게 하여 3년 7개월 만인 1976년 4월, 교육과 재활 상담으로 석사 두 개와 철학 박사학위를 받았다. 그러는 와중에 나는 두 아들을 출산하여 어머니가 되었고, 졸업식 때 남편은 박사복을, 나는 학사복을 입고 총장 앞으로 안내받는 영광을 누렸다. 감개무량하여 하나님께 감사드렸다. 하나님의 은혜 중에 나의 은의 시대가 잘 진행되고 있었다.

새 역사를 쓰다

한국 최초 시각장애인 박사 탄생

한국 최초 맹인 박사 탄생, 미국 신문과 한국 신문에도 대서특필되었다. PITT 대학의 교육학과는 특별히 우수한 서울대학교와 자매결연을 맺기도 하였고, 이곳에서 박사학위를 받으면 한국 대학에서 모셔갈 때라 남편은 한국에 취직이 될 것이라 기대하며 여러 곳에 연락했다. 그런데 반응은 싸늘하였다. "장님이 어떻게 정상인을 지도하느냐?" 장님을 아침에 보면 재수가 없다는 미신이 아직도 국민의 정서에 깔려 있었던 것이다. 문교부나 대학에서 오라는 곳이 없었다. 전혀 예상치 못했기에 참으로 난감했다. 학생 비자는 끊겼고 장학금으로 받은 매달 생활비 200불도 만료됐고 어디서 살아야 할지 막막했다. 미국·한국 갈 곳이 없었다. 우린 미국 체류와 이민을 전혀 생각지 않고 오로지 모국에 가서 장애인 교육, 재활 정책과 미국 학교의 선진

▲ 〈1976년 아빠 졸업식에서〉　　　　▲ 〈졸업식 후에 바깥에 나와서 인사하는 모습〉

제도를 알리고 실천하는 데에 헌신하고 싶었다. 남편
은 몹시 마음이 상하고 분노하였다. '이럴 수가… 이것
이 한국의 현실이구나. 그러면 미국에 정착해야지….'
우선 학생 비자를 살리려고 Post Doctoral Program
박사 후 과정으로 비자를 6개월 연장하고 체류하면서
미국에서 직장을 찾기 시작하였다. 그 기간 동안 어디
에 머물러야 할지 난감하였지만, 하나님께서 예비해주
신 축복이 있었다. 박사과정 공부 기간에 만나게 된 두
가족의 도움을 받게 된 것이다. 한 가족은 한인 남매를
입양하여 양육하는 과정에서 언어소통이 안 되어 대학
을 통해 한인 유학생을 찾았는데, 남편에게 연락이 와

서 도와드린 분들이다. 우리 형편을 알고 자신의 집에 당분간 머무르면서 길을 찾아보자고 했고, 또 한 가족은 학교 근처 공원에 나갔다가 만난 인연으로 아내가 맹인이고 남편은 변호사로 하버드대학에서 만나 결혼하여 대학 근처에 살고 있다는 것이었다.

과부가 과부 사정을 안다고, 주저하지 않고 우리의 어려운 상황을 이야기하니, 흔쾌히 자신의 집 3층에 방이 하나 있으니 와서 함께 살자고 하면서 집안일을 좀 도와주고 부부가 외출할 때 초등학생 아이들을 돌봐 주면 음식을 제공해주겠다는 것이었다. 하나님을 사랑하는 자, 그의 뜻대로 부르심을 입은 자에게는 모든 것이 합하여 선을 이루어 주심을 확신했다. 그리하여 위기를 면하였고 그곳에서 지내면서 여러 취직자리를 찾았는데, 그중 인디애나주 게리시 교육청에서 영주권을 얻게 해주고 고용하겠다는 연락이 왔다. 나는 몇 달 전 낙심하고 분노에 가득 찬 남편을 위로하기 위해 하나님이 주신 지혜로 위로의 말을 건네며 "너무 걱정하지 마세요. 오늘날까지 우리를 지켜주셨고 당신을 박사로 키워주신 하나님께서 더 좋은 길로 우리를 인도해 주실 것

을 믿고 기도하세요. 분명 좋은 소식이 있을 겁니다."라
고 하였다. 후일 남편이 그 말이 가장 고마웠고 큰 힘이
되었다고 간증과 저서에 소개해주었다.

▲ 〈1976년 강영우 박사학위 받고 한국방문〉

한국의 높은 취업 장벽, 다시 미국으로

미국 이민 후, 인디애나주 교육청에 취직한 남편

남편이 인디애나주 게리시 교육청에 취직이 되어 1월 7일부터 근무를 시작하게 되었다. 450마일 떨어진 인디애나주 게리시로 가야 하는데 지난 4년간 자동차 없이 살았으니 우선 자동차를 구매하고 내가 운전면허를 취득해야 했다. 그간 저축해 놓았던 것에서 700불을 주고 헌 차를 샀고 당시 자원봉사자로 집에 와서 책을 읽어주던 간호사가 나에게 운전 연습을 시켜주어 운전면허를 취득할 수 있었다.

1977년 새 희망을 품고 네 식구의 이민 생활이 시작되었다. 1월 2일 겨울, 눈이 조금 내리고 있었다. 아파트 근처를 조금 운전해 보았지만 낯선 고속도로를 타고 450마일을 주행해야 한다는 것은 큰 도전이었다. 지도를 펴놓고 남편에게 어디를 통과해서 얼마를 가면

무슨 길이 나오는지 설명하였고, 남편은 그것을 점자로 노트에 적어 넣으며 내가 운전할 때 옆에서 조수 역할을 했다. 지금은 내비게이션이 있지만, 그때는 종이 지도를 보면서 갈 때다. 3살 반 되는 진석이와 6개월 된 진영이가 아빠와 같이 뒷자리에 앉았고, 나는 운전대를 잡고 하나님께 간절히 기도했다. 무사히 인디애나까지 잘 갈 수 있도록 보호해주실 것을 믿습니다….

천천히 운전을 시작하여 고속도로를 타고 쉬어 가면서 보통 9~10시간이면 갈 수 있는 거리를 12시간이 걸려 주행해야 했지만, 무사히 도착하여 우리가 거처할 아파트 단지에 들어갈 수 있었다. 같은 학교에 근무하는 직원이 마중 나와 우리를 안내해주었다.

2층 건물 위로 올라가 창문을 여니 바로 앞길에 교회 건물 십자가가 보였다. '주님, 감사합니다. 저희를 구원해 주시려고 십자가에서 피 흘리고 돌아가신 그 사랑의 은혜로 오늘 무사히 안착하도록 지켜주셨군요…

매일 주님의 십자가 사랑을 기억하게 이 복음자리로 인도해 주셨습니다. 열심히 잘 살아 미국 이민의 꿈을 크게 성취해 가겠습니다.' 감탄하며 남편에게 말하고 나니 피곤이 확 풀리고 새 힘이 솟아올라 이삿짐을 정리하는데 힘들지 않았다. 게리시에서의 새 생활이 시작되었다.

부부가 협력하여 미국 교육에 헌신

인디애나주 공립학교에서 종신 교사로 28년 근무

이제 남편 출퇴근하는 것만 도와 운전하고 종일 두 아들과 함께 아파트에서 즐겁게 지내면 된다고 생각했다. 그런데 한 달 후, 남편이 교육청에서 시각장애인 보행교사를 구한다는 정보를 접하고 4~5년 전 내가 미국에서 맹인 재활교육 교사 연수 교육받을 때 보행 지도교사 자격증을 받아 한국에서 일했으니 나에게 신청해보라는 것이었다.

난 거절했다. 지난 4년간 유학생 아내로 힘들었고, 현재 6개월 아기와 3살 반 아들과 집에서 지내며 편히 지내고 싶었다. 그런데 남편은 이런 기회가 또 오지 않는다고 나를 설득하려는 것이었다. 새로운 특수 교육 정책이 1977년 시행되어 가능하면 모든 장애 학생들이 일반 공립학교에 통합하여 교육을 받을 수 있게 된다고 하였다. 올해는 공립학교에 갈 교사가 부족하지만, 내년에 졸업생들이 들어오면 이런 기회가 나에게 다시 올 수 없다는 것이다. 해보고 정 힘들면 그만두면 되는데 도전해보지도 않고 그냥 포기하기는 너무 아까운 기회라고 강조하였다. 교육공무원은 여름 방학도 3개월 있으며 하루 6시간만 근무한다고 하니 집에서 아이들 돌보는 것도 도와줄 수 있고, 봉급도 괜찮으니 아이들을 유아원에 보내면 된다는 것이다. '참으로 좋으신 하나님, 늘 나를 더 좋은 길로 인도하셨고 준비시켜 주시며 내가 원했던 시각장애인교사가 되는 꿈이 이루어지도록 오늘 남편을 통해 나를 설득하게 하셨음을 감사드립니다.' 후일『나는 그대의 지팡이 그대는 나의 등대』라는 제목의 책을 집필하였고, 생명의말씀사에서 출간되었다. 그때 남편이 나를 설득하여 교직 생활을 시작하였기에 "그대는 나의 등대"라고 제목을 지은 것이다. 보통 사람들이 생각하기에는 내가 맹인 남편의 등대 역할을 했다고 믿지만, 내가 한 것은 시력을 통해 그의 길을 안내한 것뿐이다.

생활이 안정되고 두 아들도 건강하게 잘 자라주고 있었다. 아침 출근길에 아들들을 유아원에 맡기고, 차로 직장에 데려다준 남편이 혼자서 자기 사무실을 찾아 올라가고 나면 나는 내 학교로 갔다. 돌아올 때도 마찬가지로 한 사람씩 픽업해서 집으로 향했고 집에 온 후에도 저녁 준비며 내일 아이들 옷 정리, 빨래, 청소 등등 일이 쌓여있었지만, 즐겁고, 씩씩하게 하루도 아프지 않고 10여 년을 잘 견디었다.

남편은 인디애나주 교육청 일 외에 우리 집에서 50분 거리인 시카고 근처 일리노이 북쪽 주립대학원에서 일주일에 한두 번씩 저녁 7시에 특강을 맡게 되었다. 부지런히 아이들 저녁을 주고 옆집 고등학생에게 아이들을 부탁하고 남편을 위해 운전을 해야 했다. 그리고 밤 9시 30분에 강의를 마치면 10시 30분이 되어 집으로 돌아왔다.

▲ 〈1980년 일리노이 대학원생들과 함께〉

▲ 〈강의하는 강영우 박사님〉

정말 또순이처럼 바쁘게 운동화만 신고 뛰어다니면
서 살았다. 매주 한 번씩 남편을 로타리 점심 모임에
바래다주어야 했고, 주일은 꼭 지켜 교회에 아이들을
데리고 가서 기타 특별활동에 참여하였다. 교사직을
시작하고 조금씩 행복 엔도르핀이 솟아나 건강해졌다.
점심시간에는 어린 둘째 아이를 보기 위해 유아원에
달려가 잠시 얼굴을 보고, 직장으로 가서 내 학생들을
지도하며 하루하루 잘 지내고 있었다. 1년간 미국 펜
실베이니아주에서 시각장애인 재활 교사 연수받은 경
험으로 임시교사 활동이 조금씩 익숙해지고 있었는데,

갑자기 인디애나 교육청에서 영구직 교사 자격증을 받기 위해서는 석사학위를 받아야 한다는 통고가 왔다. 영구직 교사 자격을 받으려면 재직 중 10년 안에 정식 석사를 미국에서 받아야 한다는 내용이었다. '나를 지켜주시고 동행하여 주시는 하나님, 힘주시고 도와주세요.' 기도하면서 저녁 시간과 여름 방학을 이용해서 30학점을 이수하였고, 1987년 석사를 집 근처 퍼듀대학원에서 받았다. 그런데 졸업식이 잘 끝난 후 집에 돌아온 후 갑자기 긴장이 풀리고 피곤이 몰려와 천식이 도발하여 숨을 쉴 수가 없었다. 결국 쓰러져 응급차에 실려 병원으로 갔다. 그 후부터 오늘날까지 긴급대처를 위한 천식약을 가지고 다니게 되었다.

나는 그렇게 1987년 초등 교육 전공 석사를 이수, 정식 영구직 교사 자격증을 받아 28년간 복직하고 은퇴했다. 돌아보면, 1982년이 되니 우리가 계획한 10년 주기의 약속도 마무리에 다다랐던 것 같다. 1961년 시작하여 10년간의 석의 시대를 1972년에 마치고, 그다음 10년 은의 시대도 마쳤다. 이제 1982년부터 받는 모든 은혜와 축복을 하나님께 영광으로 올려드리는 옥의 시대가 열리기 시작하였던 것이다….

▲ 〈1987년 내가 석사 학위 받을 때〉

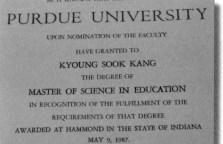

PURDUE UNIVERSITY

UPON NOMINATION OF THE FACULTY

HAVE GRANTED TO

KYOUNG SOOK KANG

THE DEGREE OF

MASTER OF SCIENCE IN EDUCATION

IN RECOGNITION OF THE FULFILLMENT OF THE

REQUIREMENTS OF THAT DEGREE

AWARDED AT HAMMOND IN THE STATE OF INDIANA

MAY 9, 1987.

▲ 〈퍼듀대학원 졸업장 1987년〉

GARY COMMUNITY SCHOOL CORPORATION

Achievement

Congratulations to

Kyoung Kang

For 28 years of service

Your commitment to education has truly made a
difference in the lives of children in Gary, Indiana.

Presented this 27th day of May, 2004

▲ 〈은퇴증〉

⚜
88

우리가 오르지 못할 산은 없다

강영우 박사의 저서가 영문, 한글로 출간되다

　　남편의 활동이 활발하게 시작되면서 한국에서 자서전『빛은 내 가슴에』, 미국에서 영문『A Light in my heart』가 출간되고 남편을 후원한 로타리 재단에서도 남편의 성공 스토리를 미국 전역과 세계소식지에 내니 남편은 일약 명사로 알려지게 되었다. 한국 큰 교회에서 초청이 몰려오고, 대구 사회사업대학 이태영 학장님은 매 여름 방학마다 특강을 요청하셨다. 학교 발전을 위해 협동 학장직을 주시며 한국 특수 교육 발전에 동참하는 기회도 주셨다. 이러한 활동이 널리 알려지게 되니 청와대에서 연락이 오게 되어 노태우 대통령과 면담하게 되었고, 한국에 국제 교육 재활교류재단을 설립하게 되었다. 미국 인사들을 초청하여 한국의 장애인법, 교육정책, 장애인 고용 복지 정책 등을 개선하는 데 공헌하게 되었으며 일반 국민이 장애인을 대하는 인식과 태도에 대한 변화를 가져오기 시작하였다. 이후 문교부, 다른 여러 기관에서 초청을 받았고, 신문사에서 특별기사를 내니 방송국 인터뷰도 하게 되었다. 한국 MBC에서 특집극 '눈먼 새의 노래'를 제작, 안재욱, 김혜수가 주연을 하여 대상을 받은 작품이 나왔고, 기독교인 이기원 영화감독이 영어 자막을 넣어 '빛은 내 가슴에'를 제작하고 스카라 극장에서 앙코르 상영까지 하게 되었다.

남편의 집필은 계속되었으며 종로 서적, 생명의말씀사, 두란노 서원 등에서 20여 권이 출판되었다. 미국에서『A Light in my heart』, 『My disability God's Ability』를 출간하고 일본어, 중국어로 번역 출간도 하며, 미국에 로버트 슐러 목사님의 수정교회에 초청받아 간증 집회도 하였다. 이렇게 되니 출판사에서 인세도 많이 들어오고 교회와 기관에서 특강, 간증 집회를 통하여 강사비도 받게 되니 두 아들을 사립 고등학교에 보낼 수 있게 되었다.

人間승리…盲人박사

大邱大 客員교수 姜永佑씨 美서 일시歸國

"限界상황이란 없다"

祖國의 편견으로 어쩔수없이 美 永住

▲ 〈1985년 기사〉

西紀 1993年 6月 18日 金曜日

"장애인도 컴퓨터 도움 받으…

「장애인 컴퓨터 교육센터」 설립차 來韓
美 N 일리노이大 姜永佑 교수

▲ 〈1993년 신문기사〉

"특수교육과 재활은 미래의 투자"

강 영우박사 한국서 학술대회 주관

「어둠을 비추는…」 MBC서 특집극 2부작으로 제작

▲부시 전 미국대통령과 함께 만난 강
영우박사 일가족.

▲ 〈1994년 신문기사〉

▲ 〈2001년 4월 16일 기사〉

▲ 〈강영우 박사 졸업 후 한국 방문기사〉

▲ 〈신앙의 힘으로 기사〉

▲ 〈생명의말씀사 출간 석은옥 지음〉

▲ 〈감사패1978년〉

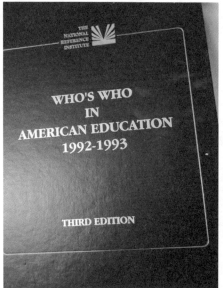

▲ 〈인명사전(1992~1993)〉

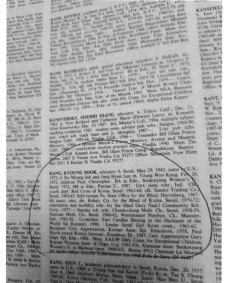

▲ 〈인명사전 속 석은옥〉

▲ 〈인명사전 액자〉

▲ 〈아버지와 아들의 꿈(신문기사)〉

▲ 〈세계장애위원 위촉〉

▲ 〈강영우 박사 출간 기념회〉

▲ 〈1995년 청와대에서 김영삼 대통령과 악수〉

▲ 〈아버지 부시 대통령과 함께〉

▲ 〈노태우 대통령과 함께〉

▲ 〈2005년 장애인 민권법 발효 기념식(my dis 영문판 기증)〉

▲ 〈1997년 힐러리 클린턴 여사와 함께〉

▲ 〈2000년 이희호 여사와 함께〉

▲ 〈반기문 사무총장과 함께〉

▲ 〈이명박 대통령과 함께〉

▲〈부시 대통령과 함께〉

▲〈부시 대통령의 국가장애인 정책 차관보급 임명장〉

▲ 〈1995년 눈먼 새의 노래 주인공과 함께〉

▲ 〈출간한 월간지〉

▲ 〈오늘의 도전은 내일의 영광〉

▲〈출간한 책 1〉

▲〈일본어 번역 출간〉

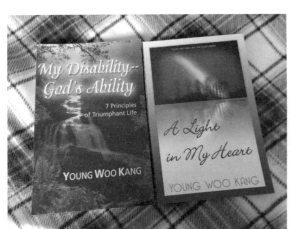

▲〈출간한 책 2〉

▲〈2005년 나의 책 나는 그대의 지팡이〉

믿음의 명문 가문을 세워 주신 하나님

미국의 손꼽히는 리더가 된 두 아들과 4명의 손자, 손녀

1973년 4월 첫아들이 출생하였다. 하나님께서 우리 가정에 새로운 희망을 주셨다고 생각하여 별명을 Hope라고 짓고, 틈틈이 카드에 'You are our family hope, 엄마의 희망', 'To. dear my hope 강진석'이라고 썼다. 자연스럽게 아들도 그 이름을 익숙하게 받아들여 편지 회신에 'From your hope 진석'이라고 써서 보낸다. 1976년 6월에 3년 차로 작은아들이 출생했는데, 잘 자고 잘 먹고 온순한 성격으로 형과 잘 놀아 나에게 큰 기쁨이 되었기에 'You are my joy'라고 부르게 되었다. 그 후 진영이도 자기 별명 Joy를 좋아하여 지금까지 서신에 'From your joy'라고 써서 보내고 있다. '엄마를 행복하게 해주고 지혜를 주신 하나님께 감사드립니다.'는 말은 덤이다.

큰아들 진석이가 3살이 되면서, 아빠가 앉아서 책만 읽고 저와는 놀아주지 못하는 것을 알아차리기 시작했다. 유심히 관찰하니 시력이 없는 아빠가 운전도, 집안 청소도, 요리도, 함께 공놀이도 해주지 못하는 것을 깨닫게 된 것이다. 하루는 저녁 식사 때 가족이 돌아가면서 하나님께 기도를 하게 되었다. 진석이 차례가 되니, "Dear Lord, give me seeing Daddy, I want play with my daddy(하나님 저에게 보는 아빠를 주세요, 함께 공놀이도 하고 싶어요)."라고 하는 것이었다. 이 말을 들은 남편은 조용히 아들에게 아빠가 어떻게 실명을 하게 되었는지, 그리고 어떻게 장애를 극복하고 미국에 와서 박사학위를 받았으며 교육 공무원이 되었는지를 설명해주었다.

"시력을 잃어 사물을 볼 수는 없으나 점자를 읽고 녹음 도서를 듣고 지팡이를 사용해서 사무실을 걸어 다닐 수 있단다. 그리고 하나님께서 생각할 수 있는 지적능력을 주어 이렇게 집을 사고 행복한 가정을 이루었단다… 사람에게는 할 수 있는 것과 할 수 없는 것이 있지… 아빠는 밤에 잘 때 불을 끄고 너에게 이야기책을 읽어줄 수 있으나 엄마는 불 끄면 책을 못 읽어주지… 그러니 네가 할 수 있는 것을 최대한 개발시키면 큰 꿈을 이룰 수 있단다. 네가 열심히 공부해서 어른이 되면 안과의사가 되어 아버지의 눈을 회복시켜 줄 수 있으면 좋겠구나.”

남편은 그렇게 긍정적인 희망의 꿈을 심어주었다. 아들은 “OK, Daddy. Wait, I will fix your eye(알았어요, 아빠 기다려요, 내가 고쳐줄게).”라고 힘차게 대답했다. 그리고 그 길을 향해 꾸준히 노력하여 ‘어둠 속에서 아버지가 읽어주신 이야기들’이라는 에세이를 하버드 입학 신청 시 제출하여 입학시험 감독관들을 감동시키며 좋은 성적으로 대학에 합격하게 되었다. 그리고 의대를 나와 훌륭한 안과전문의로 지난 25년간 헌신하고 있으며, 2년 전에는 중남미 온두라스에 안과의료선교를 다녀온 후 안과병원을 세워 하나님이 기뻐하시는 귀한 사역을 하고 있다.

둘째 아들, 진영이는 어린 시절부터 아버지 말을 잘 듣고 책 읽기를 좋아해 아빠와 많은 대화를 하였고 우등생으로 우수학급에 배치되었다. 아빠가 왜 한국에 취직이 안 되었는지, 미국에 인종차별이 왜 생겼는지

등의 대화를 나누다가 좋은 법을 만들면 모든 사람들이 평등한 대우를 받아 평화로운 세계가 될 것이라는 생각을 가지고 법을 공부하게 되었다.

중학생 시절 "당신이 가장 존경하는 사람은 누구입니까"라는 글을 숙제로 써야 했는데 "나는 우리 아버지를 가장 존경한다"고 썼다. "시각 장애와 언어의 이중 장애를 극복하고 한국 맹인 최초 박사가 되신 것도 존경스럽고 맹인에 대한 사회 편견을 극복하고 독립적이고 생산적인 민간 지도자로 살아가시는 모습이 존경스럽습니다. 나에게 주어진 독특한 재능과 능력이 있으니 장기적인 목표를 세우고 절대 포기하지 말라고 지도해 주십니다."

작은아들은 장애인과 비장애인들이 동등한 인권을 존중하는 사회를 만들어야겠다는 신념에서 듀크 법대에 갔다. 이후 오바마 대통령 입법 보좌관으로 6년을 일하고 현재 공정한 재판을 해야 한다는 전국 법관들이 만든 사립기관에서 국장으로 일하고 있다.

나는 두 아들의 7살, 10살로 초등학교 시절 때, 성경 잠언을 함께 읽었다. 한글을 가르칠 때라 한영 성경을 펴놓고 먼저 영어로 읽고 한글을 따라 읽게 하였다. 기도하면서 먼저 하나님을 경외하는 올바른 기독교인이 되기를 빌고, 부모님의 말씀에 순종하고 형제끼리 우애 깊게 지내며 시각장애인 아버지를 솔선해서 안내하고 돕는 아들들이 되기를 빌었다. 아버지는 저녁 잠자리에 들 때면 불을 끄고 아들들에게 점자책으로 어린이책을 준비해 읽어주었다. 또한, 대학교수가 되기까지 아버지의 어려운 시절을 전해주며 훌륭한 아버지에 대한 존경심과 Korean American의 자긍심을 갖도록 교육했다.

우리 내외는 교육부 산하 공무원이 되어 시카고 서버브 인디애나주에 정착하여 살게 되면서 작은 집을 마련했다.

두 아들이 초등학교, 중학교를 거쳐 고등학교에 갈 나이가 되니 큰 꿈을 품고 좋은 대학에 보내기 위해 여러 곳을 알아본 결과, 동부 하버드 근처 필립스 아카데미의 "Not for self, 자신만을 위해 사는 것이 아니라 하나님 나라와 이웃을 사랑하는 마음을 갖자"라는 학훈이 좋아 우리 내외가 동의하여 그곳에 보내기로 했다. 학비는 비쌌지만, 아이들이 출생할 때 축하금 받은 것부터 조금씩 모아 여유가 생긴 이래 저축하기 시작했고, 남편의 책과 집회 강사료를 몇 년간 모아 놓아서 학비를 낼 수 있었다.

이와 함께 두 아들이 3살 차이라서 학비를 내는 데에 큰 어려움은 없었다. 큰아들 진석이는 뉴햄프셔주에 있는 필립스 엑서터 아카데미에 입학하여 열심히 공부한 결과 하버드에 들어가게 되었고, 3년 후 작은아들 진영이는 보스턴 근교 앤도버 필립스 아카데미에 입학하였으며, 모두 기숙사에 살면서 학교에 다녔다. 작은아들은 나를 좀 더 많이 닮아 인정이 많았다. 12학년 졸업반일 때, 이웃 양로원에 봉사하러 갔다가 그곳 노인들이 아주 작고 낡은 TV로 시청하고 있는 것을 보고 학생들과 함께 큰 TV를 기증하기 위한 모금 활동을 하게 되었다. 그때가 학기 말 시험 기간이었고, 하버드에 조기 입학을 승인받았지만 마지막까지 좋은 성적을 유지해야 하는 조건이 있었는데 결국 기회를 놓쳐 합격이 되지 못했다. 그러나 훗날 시카고 대학에 다니게 된 인연으로 듀크 법대 졸업 후 국회의사당에서 민주당 딕 더빈 상원의원을 모시게 되고, 그 후 백악관에서 오바마 대통령의 입법 보좌관을 하게 되었으니 모두 하나님의 은총이다. 하나님께서 하나님을 사랑하는 자, 그의 뜻대로 부르심을 입은 자에게 모든 것을 합하여 더 좋은 길로 인도해주심을 다시 확인시켜 주셨다.

▲ 〈두 아들 어릴 때〉

▲ 〈두 아들은 사이좋은 형제로 잘 성장했음〉

▲ 〈이제 오리 엄마와 두 아들과 추억 속에서〉

▲ 〈두 아들 대학생일 때〉

▲ 〈의사가 된 첫째 아들, Dr.Paul Kang〉

▲ 〈작은아들 듀크법대 졸업식〉

큰아들, 진석이가 하버드대학 입학을 위해 쓴 수필
(남편이 아들에게 남긴 훌륭한 아버지의 상)

어둠 속에서 아버지가 읽어 준 이야기들

내 방은 많은 장난감으로 어질러져 있었다. 마치 건축하는 공사장과도 같다. 레고(Lego)를 가지고 만든 빌딩과 자동차가 여기저기 흩어져 있었고 블록으로 만든 탑은 색칠하는 책 옆에 자랑스럽게 우뚝 서 있었다. 오늘도 바쁜 하루였다.

"이제 잘 시간이다."라는 아버지의 말씀을 듣는 순간, 내 방 안에 있는 불이 꺼졌다. 무질서하게 어질러져 있는 장난감들을 용케 피해 침대를 찾아갔다. 침대에 자리를 잡고 누워 양손으로 목 아래를 받치고 어둠 속에서 허공을 바라보고 있었다. 밤의 침묵이 나를 감싸 주었다. 잠시 후 내 귀에 익숙한 소리가 침묵을 깨트렸다. 아버지의 부드러운 손이 점자책 페이지를 넘기는 소리였다. 다섯 살 된 조그마한 몸을 포근하기만 한 세사미 스트리트(Sesame Street) 이불보 아래 편안히 자리 잡고 귀 기울이기 시작했다.

잠시 후 부드럽고도 최면사의 기법을 닮은 듯한 아버지의 책 읽는 음성이 나를 사로잡았다. 부드럽게 또박또박 읽어주시는 아버지의 이야기는 유치원의 좁은 세계에서 사는 나를 멀고 먼 상상의 다른 세계로 데리고 가고는 했다. 읽어주시는 이야기 중에서 '거북이와 토끼', '선한 사마리아인의 이야기'도 있었다.

　내 상상은 자유로웠다. 간간이 들려오는 아버지의 책장을 넘기는 소리가 방해될 뿐이었다. 상상의 날개를 펼치고 있노라면 나도 모르게 깊은 잠을 자게 된다. 이야기를 다 못 들은 채 잠이 들었다. 아침에 잠이 깨면 잠자리에서 다시 그 이야기를 듣겠다는 기대와 동경으로 하루를 시작하게 됐다.

　어느 날 아침 나는 아버지의 점자책을 자세히 보았다. 나의 선명한 상상의 뿌리인 그 책은 볼록볼록 튀어나온 점들이 페이지를 채웠을 뿐, 그림 한 장도 없었다. 점자 페이지 위에 손을 놓고 이리저리 더듬어보며 아버지는 어떻게 그것을 읽으실까 생각해보았으나 상상이 되지 않았다. 그 순간 나는 이상한 것을 알게 되었다.

그것은 여태껏 나는 아버지가 앞을 보지 못하는 맹인이라고 생각해본 적이 없다는 것이다. 아버지의 실명으로 내가 잃은 것은 없었기 때문에… 오히려 나에게 어둠 속에서 책을 읽어줄 수 있는 것은 이점이었고, 나는 쉽게 잠들 수 있었을 뿐만 아니라 더 큰 상상의 날개를 펼칠 수 있었다.

내 어린 시절을 회상해 보면 육안이 없이도 볼 수 있는 세계를 보여주신 맹인 아버지를 가지게 된 것이 얼마나 다행한 일인지를 깨닫게 된다. 두 눈을 뜬 내가, 두 눈을 보지 못하는 아버지의 안내자가 아니었음을, 맹인인 아버지가 정상인인 내 인생을 안내하고 계신다는 사실을 알게 된 것이다.

이제 나도 성장하여 대학에 진학할 나이가 되니 많이 변했다. 그러나 이러한 세월 속에 변하지 않은 것이 있다. 그것은 아버지가 잠자리에서 읽어주신 이야기들이 나에게 미친 영향이다. 아마도 그 영향은 영원할 것이다.

그로 인해 내 상상의 세계는 넓어졌고 창의력이 계

발되었으며 비전은 선명해졌다. 또한, 잊을 수 없는 교훈을 배웠다. 인간의 가치는 외적 준거에 의해서만 판단되어서는 안 된다는 사실과 우리는 지극히 평범한 사람으로부터, 지극히 평범한 환경에서 귀중한 인생의 진리를 배울 수 있고, 통찰력도 얻을 수 있다는 것을 배우게 된 것이다.

우리 맹인 아버지는 외모로 보면 장애인같이 보인다. 그러나 그는 나에게만큼은 장애인으로 보이지 않는다. 아버지는 내가 아는 누구보다도 더 능력이 있고 재능이 있는 분이라고 생각하기 때문이다. 그뿐만 아니라 아버지는 나에게 인생을 살아가는 데 필요한 고귀한 교훈을 알려주셨는데, 그것은 아버지의 상황을 이해함으로써 터득할 수 있는 것이었다. 아버지로 인해 나는 세상을 긍정적으로 보고 도전하며, 편견과 차별이 없는 사회 건설에 이바지할 의욕을 갖게 되었고 누구나 나의 스승이 될 수 있다는 삶의 태도를 배우게 되었다. 비록 나는 아버지처럼 어둠 속에서 책을 읽을 수는 없지만, 아버지가 그의 실명을 통해 나에게 주신 것과 앞으로도 계속 나에게 주실 것은 미래를 바라보고 전진할 수 있는 비전이자, 내 상상력에 불을 붙게 하여 이 세상에 내가 가진 가장 소중한 것을 줄 수 있는, 풍족한 기회로 볼 수 있게 한 눈인 것이다.

We Grow in Grace

By Paul Kang

I can remember the first time I stood here. Actually it was in about this very spot. I was a second grader in the junior choir and in my memories I picture everything being much larger than they are today. But during the past twelve years, I've done much growing intellectually, physically, and spiritually. Many of you have played a large part in my development especially in the spiritual sense. And now they tell me I'm a college student, something that had seemed so far off in the mind of the little choir boy. A college man with responsibilities.

College is the first taste of freedom that many of us really receive and the first opportunity to see whether or not we're prepared for the real world. This is especially true in the spiritual sense. With our new found freedom in college, it is finally time to put the spiritual training and learning to the test. Let me paint a parallel for you. To me my spiritual life has been a lot like swimming lessons. I started out at the shallow end, learning the basics simply worrying about how to float. I went to church with questions and concerns and they threw me a biblical kickboard to help me along. The whole congregation was in the water eager to teach me all the different strokes, send me on my way. And then came college. Time for me to move to the deep end. Time to see whether I could use all I've learned in preparation for this moment. The church is still here, ready to help, but most of the swimming is now up to me.

In my deep side of the pool called Harvard, I've seen many kinds of swimmers. Some who are confident and well prepared take off no problem, while others start more slowly and cautiously. I've watched some people submerge themselves in books, in extracurrics, and often times in a bottle of Bacardi. It's our decision to make, and all of us need to find our own little niche. We need to reaffirm our beliefs, and discover our true identity.

At the end of high school, I felt a sense of accomplishment. I was secure in my environment and who I was, but this year it was back to the examining table. Harvard prides itself on it's diversity. It is a school that attracts students from all over the world, all walks of life, and inevitably from different kinds of religious backgrounds. My floor in the dorm is a classic example. We have four Catholic, a Mormon, a used to be Christian but no longer is, a buddhist, four atheists, one Jew, two Christmas and Easter church going Christians, and a Presbyterian. We all make quite an impressive collage of abilities, personalities, and opinions. But one day I remember wondering how I could whole heartedly celebrate the diversity of this group without sacrificing some of my own identity.

It is difficult to maintain individuality in a diverse environment. It is a tug of war between adapting and maintaining your original beliefs. As a developing Christian I have felt this conflict. How could I truly respect their religious views without feeling superior in my own Christianity? At first I began to question my principles. I could not see any real difference between my atheist friends and myself, and afraid to appear as moral snob. I tucked Christianity away for a spell. However, I soon came to understand my shortcoming. If I were to believe in anything, naturally I would think that it was superior to another belief, or why believe in it in the first place.

In today's New Testament lesson in Colossians, Paul writes of a need to be thankful and proud of our christian identity. He says, "Let the peace of christ rule in your hearts, to which you were indeed called in the

56

one body. And be thankful." So why be a Christian, and why am I different from an atheist? Easy. The answer is here. We need to integrate our lives around something. And as Christians this something is Christ. The atheist doesn't have this luxury, he merely integrates his life around a vacuum a belief in nothing.

We have to be proud of our faith, but we must also keep in mind that it is possible to respect and understand the beliefs of others. This is a great responsibility.

The gospel lesson in Luke echoes this discovery of oneself and one's identity. Jesus was twelve years old the age at which a Jewish boy became a man. This was the first Passover that Jesus had attended, and after the great feast, Jesus had managed to linger behind. He spoke among the rabbis listening and asking questions. Now when Mary and Joseph finally found whether he knew that his parents would be searching all over for him Jesus answered saying that the only place he could have been was in his Father's house.

This point marks a revelation in Jesus's life. He somewhere along the line, probably during this first Passover, had discovered his identity and his true relationship with God. Here comes the amazing part. It is written that later Jesus went home and was obedient to his parents.

With his new found identity, Jesus could have easily looked down at his parents. He could have taken his identity to show and tell and boasted of his power. Yet Jesus still respected his parents and performed his duty as a son.

So like the young Jesus, we are beginning to understand the gift of being Christian. But we too must not become provincial shutting our minds to the diversity and needs of others around us.

Having any type of identity is a great responsibility. We have a responsibility to both ourselves and to those around us. The tricky part is the balance between the two.

Now back to the swimming pool. Right now at college, I'm not doing gainers with a half twist off the high dive, but at the same time I'm not drowning. Thus far I've been gaining confidence in who I really am, and what I'm all about. And once we realize this, our strokes will become smoother and more powerful.

Paul Kang
Harvard Freshman

57

▲ 〈큰아들의 글1〉   ▲ 〈큰아들의 글2〉

▲ 〈큰아들, 하버드 졸업식〉

작은아들의 글,
어머니에 대한 존경

어린 시절에는 운동선수가 가장 위대해 보였고, 중고등 시절에는 온갖 역경을 불굴의 의지로 극복한 맹인 아버지가 위대해 보였습니다.

하지만 이제 결혼할 나이가 되니 그 뒤에서 헌신적인 내조와 희생, 아가페 사랑을 베푼 내 어머니의 40여 년의 삶이 더욱 훌륭하다는 것을 알게 되었습니다. 오늘날 아버지가 있기까지 어머니가 얼마나 많은 희생과 사랑으로 헌신했는지는 말로 표현하기 어렵습니다.

어머니는 키 158센티미터, 몸무게 55킬로그램의 작은 체구에 연약해 보이는 중년 부인입니다. 게다가 알레르기, 천식으로 고생하면서도 남편의 손과 발이 되고, 눈이 되고, 온갖 집안일을 단 한 번의 불평도 없이 모두 해내셨습니다. 어머니는 '네게 능력 주시는 하나님 안에서 무엇이든 할 수 있다'라는 믿음과 은총을 받으신 것이 분명합니다. 나는 세상에서 나의 어머니를 가장 존경합니다.

▲ 〈작은아들 가족과〉

어린 시절 인생의 분명한 목적과 방향을 정하지 못하고 방황하실 때에 '시도해 보기 전에는 결코 포기하지 말아라' 하는 말씀도 자주 하셨는데 그것은 내가 음악과 체육 등 여러 분야에서 실패를 극복하는 데 도움이 되었다. 무엇보다도 나에게 시련과 역경이 닥칠 때마다 불가능을 극복하신 아버지의 끊은 사람을 생각하면 잃었던 용기와 희망이 되살아났다. 요컨대 우리 아버지는 나를 변화시켰고 나의 인생을 변화시켰다. 다시 말해 내 생애에 가장 큰 영향을 미쳤다고 할 수 있다.

그런데 나에게 다시 "당신이 가장 존경하는 사람은 누구입니까"라는 행복의 에세이를 쓸 기회가 주어진다면 그때는 우리 어머니라고 할 것이다. 어린 시절에는 숭고한 신앙과 불굴의 의지로 온갖 고난과 역경을 극복하신 훌륭한 아버지만 볼 수 있었지 그 뒤에서 헌신적인 내조와 사랑을 베푼 훌륭한 어머니의 희생을 보지 못했다. 그러나 이제 내 나이 24살이 되어 배우자를 선택할 때가 되니 어머니의 변함없으신 헌신적인 내조, 희생적인 사랑과 불굴의 용기가 돋보이게 된 것이다.

오늘날 아버지가 있기까지 어머니가 얼마나 기여하셨는지는 구체적으로 표현하기가 어렵다. 어머니는 키 158cm에 몸무게

12. 지상의 평화가 나로부터 시작되니

▲ 〈작은아들의 글1〉

Who Has Had The Greatest Impact on my Life

Chris Kang

If I was asked: "Who has had the greatest impact on your life?" I would not hesitate for a moment to say my father. My father has helped me to become the person I am in every aspect of life.

Because he is my father, I naturally take after him in appearance and things related to heredity, but many of my thoughts and opinions are also shaped by him. Whenever I get tired or run-down, I think back to when my father was a young boy at about my age. He had been blinded in a sports accident, and to make things worse, he was in a country where discrimination against the handicapped existed in a big way. He fought to receive an equal education, but even after graduating at the top of his class at Yun Se, one of Korea's top universities, none of the Koreans would let him have a job higher than that of a fortune teller or massager. He then decided to go to the United States for a better chance. In America, my father had to learn a new totally different learning style, not to mention a different language. Thinking of my father gives me more determination and pushes me to give one-hundred and ten percent in everything I do.

This experience also taught me that you never know until you try. When I was young, my father taught me that net trying is the same as losing. This has helped me to uncover talents I never knew I had, such as superb musical talent and good writing skills. I have also become more well-rounded than I would have been if I had not been taught this philosophy of life.

My father also helped me set my priorities straight when I was a young child. He taught me that education should always come first. He emphasized this by encouraging me to spend several of my summers at Purdue University and Northwestern University. Without my father's priorities, I would have missed out on a lot. At these two universities, I acquired a lot of knowledge, matured greatly, learned how to manage my time, discovered how to be more organized, and met many new people.

Compassion is also something that my father has taught me. Every summer he goes to Korea to teach at Taegu University. During the rest of the year, he travels to various cities throughout the world where he speaks, lectures, and preaches to clubs, organizations, churches, and even prisons, using his life as an example. Even the profits he makes from his published autobiography go to worthy causes. I now follow my father's footsteps and try to be as kind and compassionate as possible. Even when I was in elementary school, I helped the special education teachers at my school. I now help my peers in subjects of difficulty such as Algebra I. These are only a few of many examples of my compassion.

My father has influenced my life as a Christian as well. His strong faith in God has taught me that God is always there when you need him. I have already confirmed my faith in God and I am actively involved in many church activities.

All in all my father has had, without a doubt, the greatest impact on my life and will continue to influence me for years to come.

Chris Kang,
Phillips Academy Student

59

▲ 〈작은아들의 글2〉

백악관 정책차관보였던 시각장애인 강영우 박사의 아내이자, 35세에 백악관 선임법률고문이 된 크리스토퍼 강의 어머니, 석은옥 여사의 특별한 자녀교육법과 삶의 지혜를 듣는다!

HAPPY LIFE

어린 시절에는 운동 선수가 가장 위대해 보였고, 중고등 시절에는 온갖 역경을 불굴의 의지로 극복한 맹인 아버지가 위대해 보였습니다. 하지만 이제 결혼할 나이가 되니 그 뒤에서 헌신적인 내조와 희생, 아기의 사랑을 배운 내 어머니의 40년 넘의 삶이 더욱 훌륭하다는 것을 알게 되었습니다. 오늘날 아버지가 있기까지 어머니가 얼마나 희생과 사랑으로 헌신했는지는 말로 표현하기가 어렵습니다. 어머니는 키 158센티미터에 몸무게 55킬로그램의 작은 체구에 연약해 보이는 중년 부인입니다. 게다가 알레르기, 천식으로 고생하면서도 남편의 손과 발이 되고, 눈이 되고, 온갖 집안일을 단 한 번의 불평도 없이 모두 해내셨습니다. 어머니는 '내게 능력 주시는 하나님 안에서 무엇이든 할 수 있다'는 믿음과 은혜를 받으신 것이 분명합니다. 나는 세상에서 나의 어머니를 가장 존경합니다.

_강진영(백악관 선임법률고문)

▲ 〈작은아들의 글3〉

There is a saying that "God gave us the gift of life; it is up to us to give ourselves the gift of living well." My mother-in-law has tirelessly spent her eighty-God given years to improving the lives of others, both in the United States and Korea, with her grace, compassion, patience, and dedication. She has shown by example the ways in which kind acts can, and should be interwoven into everyday life.

While many others in this book can attest to her remarkable work for the blind, I have had the privilege of being her daughter-in-law for twenty years and have learned a tremendous amount from watching her love and care for her family. First, she raised my husband to be a strong, loving, thoughtful and hard-working spouse, and an exceptional father, and I have learned much about caring for children from her. Second, I have watched her thrive as my daughter Katherine's grandmother. From cooking Korean food to supporting Katherine's writing and violin-playing, from playing games to always showing her love through gifts, Katherine is blessed to know that she is always in her Grandmother's heart and mind. Third, I have watched my mother-in-law honor the memory of her husband, through her steadfast work on behalf of the Young Woo Kang Foundation, and through other charitable work. She has truly lived her first 80 years of life well and I cannot wait to see what she does next.

두 아들 결혼 준비

큰아들 진석이가 하버드대에 입학하여 기숙사에서 학교를 다니게 되었다. 대학에 가게 되면 아들들이 장차 결혼할 여자친구를 사귀게 될 터인데, 몇 가지 고려해야 할 사항을 우리 내외가 정리해서 아들들에게 알려주었다.

1. 신앙은 같은 기독교인이어야 한다.
2. Korean American으로 우리 혈통을 이어가자.
3. 부모가 이혼하지 않은 행복한 가족

그다음은 "서로의 마음이 통하는 사람이면 행복하겠지"라고 적어주었다.

큰아들은 하버드를 다니기 시작한 지 1년이 지나 한인 여학생과 가까이 지내면서 소개받아 부모들도 만나고 잘되기를 바랐는데 졸업 때가 되어 서로 진로가 달라지면서 헤어졌다. 그리고 의과대학에 들어가 안과의사가 되는 꿈을 펼쳐가고 있었다. 의대에 들어가니 동물 해부 실험 시간이 많았는데 한 백인 여성이 진석이와 같은 조에 들어와서 친절하게 대했으나 착한 진석이는 부모의 3가지 권면을 가슴에 품고 있어 별 관심을 주지 않았고, 부모가 소개해 준 한인 의대생을 만나는 중이었다. 그런데 백인 여성은 계속 친절하게 대하는 것이었다.

3살 차이 동생 진영이는 대학을 마치고 듀크 법대에 다니고 있었는데 우리 내외가 만약 한국계 여성을 찾기 어려우면, 아시안 여성이라도 괜찮다고 하였다. 그러던 어느 날, 진영이가 시카고 대학부터 사귄 사람이 있다며 부모님이 타이완 출신이고 두 분 모두 유학하러 오셔서 박사학위를 가지고 있는 독실한 기독교인이라고 하는 것이었다. 여자친구는 현재 하버드 법대에 재학 중인 동년배인데 졸업 후 약혼하고 1년 후 결혼식을 올리겠다는 통보를 받았다. '형이 먼저 결혼해야 하는데….'

이후 진석이에게 동생의 결혼 진행 과정을 이야기하며 요즘 어떻게 지내느냐고 물으니, 백인 여학생과 친해졌다는 것이다. 신실한 기독교인이며 엄마를 많이 닮아 인정이 많고, 화초를 좋아한다고 칭찬하며 만나

보라는 것이었다. 한인 2세를 찾기 힘들다는 것을 알았지만, 그래도 진석이의 여자친구를 만나기로 하고 여자친구 숙소에 방문하였다. 반갑게 맞으며 다과 테이블로 안내하는데 그 위에는 한글책, 한국 요리책이 펼쳐져 있었다. 또 'I LOVE KOREA'라고 적극적인 태도를 보이는 것이었다. 머리가 좋아 1등만 했으며 대학에서 최고 우수상을 받은 수재였다.

남편은 흔쾌히 두 사람의 혼인을 허락해 주었다. 그렇게 2001년 성탄절에 두 아들이 여자친구들을 데리고 와서 약혼식을 하고, 2002년 5월 4일에는 큰아들 진석이가, 6월 15일에는 작은아들 진영이가 결혼식을 올렸다. 바빴지만 기쁨이 가득 넘치는 행복한 한 해였다. 올해 2022년은 두 아들의 결혼 20주년이 되는 해이고 나는 80세가 된 해이다. 큰아들 내외는 의사고 작은아들 내외는 변호사이다. 오늘날까지 건강하게 열심히 일하고 큰아들은 딸 둘에 아들 하나, 세 자녀를 키우고 있다. 작은아들은 딸 하나로 막내 손녀가 11살이다. 이름은 강예진, 수진, 진구, 영진이다.

동생결혼식에 형 내외가 참석하고 강 박사의 남동생 가족 5명, 여동생 가족 4명이 모두 미국으로 이민 와서 가깝게 살 수 있는 축복을 받아 하나님께 감사드립니다.

▲ 〈2016년 오바마 대통령 집무실에서〉

▲ 〈두 아들의 약혼식〉

▲ 〈큰아들 진석이 결혼사진〉

▲ 〈작은아들 진영이 결혼사진〉

▲ 〈큰아들 내외가 세배〉

▲ 〈작은아들 내외가 세배〉

두 아들을 위한 어머니의 기도.
나의 희망, 나의 기쁨

두 아들은 생김새와 성격, 재능과 취미 등 모두 달랐다. 하지만 3살 터울이 적당해서 그랬는지 진석이는 동생을 잘 데리고 놀았고, 진영이는 형을 자기 영웅처럼 따랐다. 무엇이든 형이 하는 것을 따라 하려고 했고, 심지어 형이 입던 헌 옷도 좋다고 하며 입고 다닌 덕분에 새 옷을 사줄 필요가 없었다. 진석이는 어린 시절 순발력이 필요한 스포츠에 재능을 보여 교내 야구, 농구선수로 뽑혔던 반면, 진영이는 그런 면에서 재능은 좀 떨어지나 지구력이 강해 무엇이든 끝까지 해내는 것을 보고 달리기를 권유하여 지역에서 열리는 26마일 마라톤 대회에 참가하기도 했다. 큰아들 진석이가 3살 때 아버지가 시력에 장애가 있다는 것을 알고 아버지 눈을 고쳐주는 안과 의사가 되겠다고 하여 너는 우리 집안의 '희망'이라는 애칭을 붙여주었고, 작은아들 진영이는 마음이 온유하고 배려심과 인정이 많아 학교성적도 늘 우수하여 엄마의 '기쁨'이라고 불러주었다. 두 아들이 잘 성장하여 진석이는 훌륭한 안과의사로 워싱턴지역에서 안과 협회장을 맡았고, 현재는 중

남미 온두라스에서 의료선교를 시작해 안과 병원을 세
웠다. 진영이는 모든 사람의 인권을 존중하는 정의롭
고 평등한 사회를 만들어야 한다는 신념으로 법을 공
부하여 오바마 대통령의 입법 보좌관으로 6년을 지냈
으며 현재 올바른 재판이라는 법률기관에서 국장으로

▲ 〈북 버지니아 시니어 탁구 대회 출전〉

▲ 〈북버지니아 시니어 올림픽 탁구대회 금메달 수상〉

▲ 〈선친 석도명 체육교사의 딸로 유전인자를 받아
80에 탁구를 칩니다〉

일하고 있다.

나는 두 아들의 정체성, identity의 우선순위가 "나는 하나님의 자녀다(I am God's Child)"라고 가르쳤다.

여러 민족이 함께 모여 사는, 기독교 청교도들이 세운 나라인 미합중국에서 출생하였음을 명심하고, 하나님이 그의 형상대로 인간을 창조하셨다는 정신을 배우며, 한 생명 한 생명이 모두 존귀한 존재이고 각자 다른 재능과 능력을 받고 태어났으니 그 은혜에 감사하며 최선을 다하라, 즉 "Do your best"를 강조하였다. 하나님은 사랑이시니 서로 사랑하고, 하나님은 우리 죄를 용서해주시기 위해 십자가에 달려 돌아가셨으니 우리도 남의 잘못을 용서하고 인내하라는 말씀을 전해주었고, 두 형제간의 우애를 잘 지키기 위해 편애하지 않고 서로 사랑하도록 지도하였다. 50살이 다 된 중년인데 늘 친하게 지내고 있어 나의 마음을 기쁘고 행복하게 해주는 효자들이다.

▲〈작은아들 마라톤대회 참석〉

▲ 〈금메달〉

▲ 〈작은아들과도 탁구 치다〉

▲ 〈큰아들 강진석, Dr.Paul Kang〉

한국일보 2007년

안과 임상실험 학자 10인에

강진석 조지타운대 교수선정

시각장애인으로 백악관 국가 장애위원회 정책 차관보를 맡고 있는 강영우 박사의 장남 강진석 조지 타운대 교수(32·미국명 폴 강)가 세계적 명성을 지닌 안과 의학자와 전문의들로 구성된 'UOCW 비전 센터'에 합류, 안과진료를 시작했다.

이와 함께 연방식약청(FDA)의 안과분야 임상실험 학자 10인 중 한 명으로 임명됐다.

안과 전문 치료기관인 UOCW 비전 센터는 로널드 레이건 대통령 등 미 대통령 안과 건강을 책임지고 있는 최고 명성의 의료기관으로 알려져 있다. 'UOCW 비전 센터'는 D.C와 체비체이스 두 곳에 위치해 있다.

강박사의 전문 진료분야는 각막이식, 라식, 백내장 수술 등.

그는 하버드대와 인디애나대를 거쳐 듀크대에서 전문의 과정을 밟았다. 또 각막 이식 수술로 저명한 유타대 존 모란 아이센터에서 펠로십(임상 교수

침례교 세계연맹 총회장인 김장환 목사(왼쪽)의 눈을 치료한 강진석 교수, 오른쪽은 부친인 강영우 박사.

훈련)을 받기도 했다.

펜실베이니아 피츠버그에서 출생한 그는 유년시절부터 시각장애인인 부친을 보며 시각장애인들을 치료하는 안과의사에의 꿈을 키웠다.

특히 그가 하버드대 입학시에 썼던 에세이 '아버지가 어둠 속에서 읽어 준 이야기들'은 아버지의 실명을 통해 오히려 세상과 미래에 대한 선명한 비전

을 보게 된 긍정적이며 감동적인 스토리로 입학 우수 에세이에 선정되기도 했다.

그는 "아버지처럼 시각장애를 가진 사람들의 눈을 고쳐 빛과 희망을 주고 싶다"고 말했다. 문의(301)215-7100, 1-877-DRCLINCH 또는 웹사이트 www.uvcenters.com, www.uocw.com

〈정영희 기자〉

▲〈큰아들 신문기사〉

시각장애 아버지위해 안과 의사된 폴 강

워싱턴안과의사협회장

백악관 국가장애위원회 차관보를 지낸 강영우 박사의 장남 폴 강(한국명 강진석·사진)씨가 최근 워싱턴지역 안과의사협회장으로 취임했다.

워싱턴지역 안과의사협회는 버지니아, 메릴랜드, 워싱턴 DC 지역의 안과 의사들의 모임으로 대개 50-60대 교수들이 회장직을 맡아온 36세의 나이인 폴씨가 회장에 오른건 매우 이례적인 일이다.

폴씨는 명문 사립학교 립립스 엑시터 아카데미를 졸업하고 하버드대(생물학)와 인디애나 의대 등을 거쳐 현재 안과 교수들과 공동으로 운영하고 있는 '워싱턴 아이닥터스(Eye Doctors of Washington)' 공동 원장 및 조지타운의대 조교수로 왕성한 활동을 하고 있다.

또 미국립보건원(NIH)의 시각위원회, 미 식품의약청(FDA)에서 안과분야의 새로운 시술법과 안과 관련 약물 임상실험의 감독을 하며 꾸준히 학술논문을 발표하고 있다. 최근 월간지 워싱토니안이 선정한 '2010년 최고의 의사'에 이름을 올리기도 했다. 폴씨가 안과의사가 된데는 시각장애인 아버지 강영우 박사가 있었기 때문. 강영우 박사는 폴이 3살때 눈튼 아버지를 소망하는 기도를 듣고 "네가 커서 아버지 눈을 고치는 의사가 되면 어땠겠냐"는 말을 했고 이 한마디가 폴에게 꿈의 씨앗이 됐다.

폴 강은 "지금도 눈 때문에 고생하는 사람들을 보면 마음이 아프다"며 "단순히 의사로 환자를 치료하는 일을 뛰어넘어 지역사회 및 국가와 세계를 섬기고 봉사하는 사람이 되고 싶다"고 말했다. 폴의 동생이 크리스토퍼 강(32·한국명 강진영)씨는 오바마 정부의 입법특별보좌관으로 활약하고 있다. 박희영 기자

▲ 〈큰아들 안과협회장〉

백악관 입법특별보좌관에

크리스토퍼 강 임명

VA 강영우 박사 차남

버락 오바마 차기 행정부 출범이 1주일 앞으로 다가온 가운데 한인 2세가 백악관 입법관계 특별보좌관에 임명돼 한인사회에 희소식이 되고있다.

오바마 대통령 당선인은 지난 11일 크리스토퍼 강(한국명 진영·32·사진) 더 테비 상원의원 본회의 수석법률보좌관을 백악관 입법관계 특별보좌로 임명한 것으로 확인됐다.

이로써 강 특보는 오바마 행정부에서 한인으로는 최고위직에 오르게 됐다.

강 특보 내정자는 조지 W. 부시 행정부에서 백악관 국가장애위원회 정책 차관보로 일해 온 강영우 박사의 차남으로, 한인으로서 세대를 이어 백악관에서 고위직에 근무하게 됐다.

현재 오바마 대통령취임식위원회(PIC)에서 취임식 행사를 준비하고 있는 강 내정자는 20일부터 백악관 본관에 근무하며 대통령을 보좌하게 된다.

백악관 입법관계 특보는 미 대통령이 의회 인사 청문회 절차 없이 단독 권한으로 임명할 수 있는 자리로 백악관 참모직 가운데 비서실장과 수석 비서관 다음으로 높은 직책이다.

뒤늦게 로스쿨 재학시절 에드워드 케네디 상원의원 밑에서 인턴의 일종인 '펠로십 과정'을 밟은 후 빌 클린턴 행정부 시절 원내대표를 지낸 조지 미첼 의원의 추천을 받아 2002년 덕 더빈 의원 입법보좌관으로 의회에 들어간 강 내정자는 상원 법사위 입법보좌관을 거쳐 최연소 본회의 수석 법률보좌관으로 고속 승진하며 의회에서 인정받는 보좌관 행로를 걸어왔다. 박진걸 기자

▲ 〈작은아들 특별보좌관 임명〉

'오바마 에어포스원' 에 한인보좌관 동

백악관 입법관계 특별보좌관인 크리스토퍼 강(한국명 강진영)이 버락 오바마 대통령의 전용기인 에어포스 원에 동승해 수행하며 언론에 포착돼 화제다. 강씨가 에어포스원에서 오바마 대통령과 나란히 앉아 있는 모습은 오바마 대통령이 지난달 11일 뉴

▲ 〈작은아들이 오바마 대통령의 입법보좌관으로 있을 때 에어포스원에 동승하여 사무를 봄〉

4명의 손자, 손녀를 둔 할머니가 된 축복에 감사

큰아들 진석이의 첫딸이 2003년 출생하여 '예진'이라는 이름을 지어주었다. '진리를 추구하고 예능에도 뛰어나면 좋겠다.'라는 뜻으로, 할아버지가 지어준 이름인데 진석이의 '진'이 돌림자가 되었다. 영어로는 'Ava Kang'인데 Ava는 'full of life'로 '건강하라'는 뜻이다.

둘째 딸 이름은 '수진'이다. '진리를 추구하는 우수한 사람'이라는 뜻으로 아기가 순수하고 그윽한 향기를 내는 사람이 되면 좋겠다는 바람을 담아 할머니인 내가 지었다. 영어 이름은 'Clara Kang'인데 'Clara'는 '맑고 총명하다'라는 뜻이다.

막내 손자의 한국 이름은 할아버지가 진주 강씨의 서열 돌림자인 '구'를 넣어 '진구'로 지었다. '할아버지, 아버지 모두 미국에서 명문가를 이루었으니 삼 대째에도 강씨 가문을 빛내주기를'이라는 소망이 담겨있다.

영어 이름은 'Jack'인데 '은혜의 하나님이 주신 아들'이라는 뜻이고, 아버지의 영어 이름 'Paul'을 넣어 'Jack Paul Kang'이라고 지었다.

이제 19살 큰손녀가 올해 고등학교를 졸업하고 9월에 코네티컷주에 있는 예일 대학에 입학이 확정되었다. 이름에 걸맞게 공부도 잘하고 운동도 잘하여 여자 고등학생 소프트볼 선수로 전국 대회에 출전하였으며, 작년부터 선조의 나라를 기념하는 국제 대회 20여 개 단체에서 한국계 팀으로 뽑혀 뛰었는데 작년에는 2등을 하여 은메달을 받았다. 아직도 선수로 활동 중이며, 부모가 모두 의사이기에 의료계로 진출할 의향도 가지고 있다.

둘째는 고등학교에 입학했고 막내는 중학교 3학년이다. 모두 건강하고 운동을 좋아하는 남, 여 하키선수들이다.

특별히 막내 진구는 할머니와 핑퐁(탁구) 파트너로 주말에는 늘 함께 치며 80이 된 할머니를 더욱 즐겁고

건강하게 해주는 孝(효)
손자이다.

작은아들은 10살 된
무남독녀 외동딸을 두고
있다. 한국 이름은 '영진'
이고 '진리를 추구하는
영특한 여성이 되어라.'
라는 뜻을 담고 있으며

▲ 〈큰아들의 세 자녀 어릴 적〉

아빠 이름 '진영' 앞뒤를 바꾸어 '영진'이가 되었다. 할
머니인 나도 무남독녀 외동딸이라 부모의 사랑을 듬뿍
받고 자랐는데, 영진이도 엄마, 아빠의 사랑을 독차지
하고 법대 출신인 부모 밑에서 자라 책 읽기를 좋아하
고 머리도 명석해 1년 월반하여 올해에 중학교에 입학
했다. 2주에 한 번씩 할머니를 방문해 바이올린을 연
주해주는 착한 막내 손녀이다.

하나님의 넘치는 축복을 받은 할머니는 무엇을 손
자, 손녀들에게 전승시켜줄 것인가를 기도하면서 지혜
를 구했다.

50여 년 전 두 아들을 양육하며 가르친 것과 같이 "하나님의 자녀는 세상을 이길 수 있다.", "하나님을 사랑하는 자 그의 부르심을 입은 자들에게는 모든 것을 합하여 선을 이루어 주신다."라는 믿음의 교육을 심어주기 위해 노력하고 있다. 틈틈이 성경을 함께 읽으며 기도하고 성경 잠언 31장을 노트에 영어로 필사해서 직접 펜으로 쓴 글을 한 권씩 주려고 준비했다.

그리고 우리 한민족이 훌륭한 창의력과 끈기를 가지고 있는 우수한 민족임을 자랑하며 자긍심을 갖도록 자료를 주고 한글도 가르치고 있다. 한 가지 아쉬운 것은 두 며느리가 백인, 중국인 혈통이라 집에서 영어를 사용하니, 나의 두 아들이 배웠던 한글을 많이 잊어버렸다….

이제 21세기 우리 후손들은 다민족이 사는 미국에서 세계를 가슴에 품으며 하나님의 형상대로 지어진 존귀한 자신의 가치를 발견하고 아름다운 세계평화를 이룩하는 대열의 주역이 되도록 우리 어머니들의 기도가 필요하다. 나도 우리 후손들을 위해 기도를 멈추지 않고 있다.

▲ 〈2년 전 세뱃돈 주고 행복한 시간〉

▲ 〈4명의 손자, 손녀들의 새해 세배를 받고〉

▲ 〈세배하는 손녀들, 예진, 수진〉

▲ 〈세배하는 손자 강진구〉

▲ 〈4명의 손자들과 함께〉

▲ 〈10년 전 막내 손녀 출생〉

9-27-2005

잠언집 다윗의 아들 이스라엘 왕
솔로몬의 금언집

The proverbs of Solomon son of David,
King of Israel:

for attaining wisdom and discipline;
for understanding words of insight; for
acquiring a disciplined and prudent life
for doing what is right and just and fair
for giving prudence to the simple,
knowledge and discretion to the young
let the wise listen and add to the
learning and let the discerning get guidance
understanding proverbs and parables
sayings and riddles of the wise,
the fear of the Lord is the beginning
knowledge but fools despise wisdom
discipline

listen, my son, to your father's in
not forsake your mother's teaching

▲ 〈손자들에게 성경필사(2005년)〉

로 마 서   10-15-2008

　　　인사

1. 예수 그리스도의 종, 바울은 사도로 부르심을 받아
　하나님의 복음을 위하여 택정함을 입었으니
2. 이 복음은 하나님이 선지자들을 통하여 그의 아들에
　관하여 성경에 미리 약속하신 것이라.
3. 그의 아들에 관하여 말하면 육신으로는 다윗의
　혈통에서 나셨고
4 성결의 영으로는 죽은 자들 가운데 부활하사
　능력으로 하나님의 아들로 선포되셨으니 곧 우리
　주 예수 그리스도시니라.
　　그로 말미암아 우리가 은혜와 사도의 직분을
　받아 그의 이름을 위하여 모든 이방인 중에서
　믿어 순종하게 하나니
　　너희도 그들 중에서 예수 그리스도의 것으로
　부르심을 받은 자니라.
　　로마에서 하나님의 사랑하심을 받고 성도로
　부르심을 받은 모든 자에게 하나님 우리 아

▲ 〈손자들에게 성경필사2(2008년)〉

145

▲〈2003년 큰아들 내외와 첫 손녀〉

▲〈4명의 손자들〉

▲〈큰손녀가 고등학교 소프트볼선수로 미국에 한국계 후손팀으로 뛰었음〉

▲〈2022년 성장한 4명의 손자들〉

▲〈둘째 손녀, 여자 하키 선수와 할머니〉

▲〈첫째, 둘째 손녀들과 행복한 하루〉

▲ 〈강진구 13살 손자와 큰아들 집에서 탁구〉

▲ 〈손자들을 위해 기도하는 할머니〉

▲ 〈손자와 함께 놀아주는 할머니〉

▲ 〈작은아들 가족〉

▲ 〈여자소프트볼 선수, 첫째손녀 강예진〉

▲ 〈강씨 가문을 빛내는 여성들〉

▲ 〈큰아들의 자녀들〉

▲ 〈큰손녀 예일대학 입학 방문〉

▲ 〈생일〉

▲ 〈탁구대회 시상〉

▲ 〈큰아들의 손자들과 집 앞에서〉

▲ 〈한국 문화를 손녀에게 가르치는 할머니〉   ▲ 〈요즘 두 아들과 함께〉

은퇴 후에 찾아온
진정한 '해피 라이프'

강영우 박사의 국가장애인
정책 자문위원 (차관보) 임명

2006년 인디애나주에서 워싱턴D.C 근교 버지니아 주로 이사를 오게 되었다. 남편이 조지 부시 대통령의 국가 장애인 정책 자문위원(차관보급)으로 임명받고, 큰아들 폴은 레이건 전 대통령의 주치의였던 안과의사가 세운 Eye Doctor of Washington에서 일하게 되었으며, 작은아들 크리스토퍼는 국회의사당에 딕 더빈 상원의원 보좌역으로 일하게 되어 삼부자가 D.C 근교에 다 모여 살게 되었다. 그래서 나 또한 28년간 인디애나 게리시 교육청에서 시각장애 학생들을 지도해 온 교사의 삶을 조금 일찍 은퇴하고 버지니아로 이사 왔다. 오랜만에 두 아들 가족을 자주 볼 수 있게 되어 참으로 행복했고, 큰아들의 2살 첫 손녀를 돌보는 일도 자주 하면서 종종 남편 회의에 따라가는 것 외에는 특별히 할 일이 없어 나를 위한 시간이 많아졌다.

▲〈인디아나 개리시 교육청에 28년간 봉직〉

▲〈1998년 인디애나주 개리시 일반고등학교 맹인 남학생〉

▲〈작은아들 국회의사당에서 일할 때〉

나는 그대의 지팡이, 그대는 나의 등대

2012년, 췌장암으로 천국에 먼저 떠난 남편

2011년은 우리 내외가 1961년에 만나서 만 50년이 되는 해이다. 부부로 40년을 두 아들을 잘 양육하면서 행복한 삶을 허락하신 하나님의 은혜와 축복에 감사하며 『주님, 제 잔이 넘치나이다』, 『해피라이프』라는 자전적 수필을 한국에 있는 문학동네 출판사에서 출간하기도 했고 여러 곳에서 축하 파티를 해주었다. 더하여 2011년 10월에 둘째 아들 진영이 내외가 고대하던 첫아이의 출산예정일이 있어 나는 조금 일찍 미국으로 돌아왔다. 남편은 남은 일정을 다 마치고 10일 후에 무사히 미국으로 돌아왔다.

그런데 공항에 마중 나가서 보니 남편의 안색이 좋지 않았다. 어디 불편하냐고 물었더니, 소화가 잘 안되어 활명수를 마시고 왔다고 한다. 즉시 큰아들에게 연락하니 병원으로 모시고 가라고 하였고, Emergency 병동으로 모시고 가서 진찰받고 있으니 큰아들이 왔다. 진찰 결과 담석이 있어 그것을 제거하는 수술을 받으면 괜찮을 것이라고 하였는데 진료를 받은 후에 한 달 정도 괜찮더니 다시 소화가 안 되고 증상이 심해지면서 고통스러워하였다. 이웃 메릴랜드주에 있는 존스 홉킨스 병원에서 종합 검사를 받으니 췌장암 말기라는 진단을 받았다. 수술해도 완치될 가능성은 15%라고 하며 3개월 정도 생명을 유지할 수 있다는 말은 그야말로 청천벽력이었다. '어떻게 이럴 수가… 건강하게 모든 한국의 일정을 잘 마치고 집에 돌아왔는데, 3개월밖에 못 산다니….' 췌장암이 말기에 발견된다는 것을 그때 처음 알았다.

우리 가족들이 큰 충격을 받아 어찌할 바를 모르고 절망에 싸여 슬퍼하고 있는데, 남편은 너무나도 의연하였다. 인생 68세까지 살게 하셨음에 감사한다며 집필하고 있던 원고에 "내 눈에는 희망만 보였다."를 타자로 치고 있는 것이 아닌가….

이럴 수가… 너무나도 침착하게 우리 가족들을 위로

하면서, 사랑하는 아내에게, 아들들에게 그리고 친지들에게 편지를 써서 신문사에 보내는 것이었다.

그 내용은 다음과 같다.

사랑하는 아내에게

당신을 처음 만난 게 벌써 50년 전입니다.
햇살보다 더 반짝반짝 빛나고 있던 예쁜 여대생 누나의 모습을 난 아직도 기억합니다.
손을 번쩍 들고 나를 바래다주겠다고 나서던 당돌한 여대생, 당신은 하나님께서 나에게 보내주신 날개 없는 천사였습니다.
앞으로 함께할 날이 얼마 남지 않은 이 순간에 나의 가슴을 가득 채우는 것은 당신을 향한 감사함과 미안함입니다.
시각장애인의 아내로 살아온 그 세월이 어찌 편했겠습니까.
항상 주기만 한 당신에게 좀 더 잘해주지 못해서 좀 더 배려하지 못해서 너무 많이 고생시킨 것 같아서 미안합니다.

지난 40년간 늘 나를 위로해주던 당신에게
난 오늘도 이렇게 위로받고 있습니다.
미안합니다.
아직도 눈부시게 빛나고 있는 당신을 가슴 한가
득 품고 떠납니다.
더 오래 함께해주지 못해 미안합니다.
내가 떠난 후 당신의 외로움과 슬픔을 함께해주
지 못할 것이라서.
나의 어둠을 밝혀주는 촛불,
사랑합니다.
사랑합니다.
사랑합니다. 그리고 고마웠습니다.

그는 사랑하는 두 아들에게도 편지를 썼다.

이제 너희들과의 시간이 얼마 남지 않았구나.
내가 너희들을 처음 품에 안은 지가 엊그제 같은
데 벌써 너희들과 이별의 약속을 나눠야 할 때가 되
었다니, 좀 더 많은 것을 나누고, 좀 더 많은 것을 함
께 하지 못한 아쉬움이 밀려온다.

하지만 너희들이 나에게 준 사랑이 너무나 컸기에, 그리고 너희들과 한 추억이 내 마음속에 가득하기에 난 이렇게 행복한 마지막을 맞이할 수 있단다.

하나님의 크신 사랑과 놀라운 축복이 늘 너희들과 함께하기를 하늘나라에서도 아버지는 믿고 계속 기도할 거란다.

나의 아들 진석이와 진영이를 나는 넘치도록 사랑했고, 축복한다.

▲ 〈함께한 50년 기념사진〉

▲ 〈같은 석씨 종친 석종명 워싱턴 광복회 사무총장과 묘 방문

▲〈두 아들 가족과 마지막 사진, 2011년〉

▲〈묘 앞에서〉

▲〈묘 앞에서 2〉

▲ 〈막내 손녀가, 할아버지 묘에 와서 인사〉

▲ 〈큰아들 가족이 할아버지 묘를 방문〉

▲ 〈방에 간직한 남편의 편지〉

▲ 〈강영우 박사 출간 서적 (내 눈에는 희망만 보였다)〉

▲ 〈강영우 박사 추모음악회 행사〉

▲ 〈강영우 박사 추모 5주기〉

▲ 〈강영우 박사 추모 5주기〉

▲ 〈이명박 대통령 조의문〉

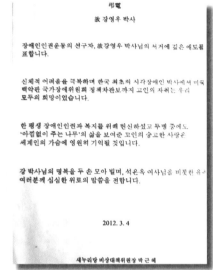

▲ 〈박근혜 비대위원장 조의문〉

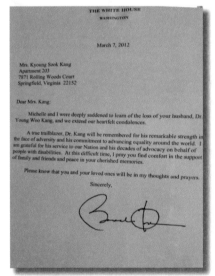

▲ 〈백악관 조의문〉

▲ 〈장애학생 기부〉

내가 본 고 강영우 박사, 나의 남편

　남편은 15살에 축구공에 눈을 다쳐 시력을 잃은 후 고난과 절망 속에서 53년을 오로지 하나님을 향한 믿음을 가지고 『내 눈에는 희망만 보였다』, 『꿈이 있으면 미래가 있다』, 『우리가 오르지 못할 산은 없다』, 『도전과 기회 3C혁명』, 『오늘의 도전은 내일의 영광』, 『아버지와 아들의 꿈』, 『원동력』, 『A Light in my Heart』, 『My Disability God's Ability』 등 20여 권의 집필을 통해 많은 사람에게 희망과 용기를 준 하나님의 자녀, 예수님의 참 제자, 아내의 가슴속에 등불이 되어준 훌륭한 남편, 선명한 꿈을 두 아들에게 전승해준 엄하고 인자한 아버지였다.

　이 세상을 떠난 지 10년이 지났으나 난 지금도 우리 남은 가족들을 위해 쉬지 않고 사랑의 기도를 하고 있다. 자손들이 그의 훌륭한 얼을 이어가고 있어 하나님 축복에 감사를 드린다.

고 강영우 박사는 하나님이 보내주신 많은 인간 천사들의 도움으로 장학금을 받아 중·고등, 대학·대학원까지 공부할 수 있었다. 한국인 최초 시각장애인 연세대 문과대학 차석 졸업, 한국인 최초 시각장애인으로 미국 피츠버그대학 교육학전공 박사, 한인 최초 미국 부시 대통령의 장애인 정책 자문위원(차관보), UN 세계장애위원회 부의장, 국제 교육 재활교류재단 회장, 굿윌 인더스트리 국제 본부 이사 등 하나님의 사역에 성실하게 헌신하는 교육자가 되도록 후원해주신 분들의 도움은 말로 표현할 수 없는 하나님이 보여주신 사랑의 실천이었다. 성경에 "믿음, 소망, 사랑 그중에 제일은 사랑이라"(고린도전서 13-13)고 하셨다. 하나님의 자녀는 하나님의 사랑을 이웃에게 전해 하나님의 나라, 지상 천국을 건설한다. 나 역시 이와 같이 믿으며 살아왔다.

▲ 〈양평 농업박물관 기증유물 기사1〉

▲ 〈양평 농업박물관 기증유물 기사2〉

▲ 〈유물기증 기념식〉

▲ 〈성탄절〉

▲ 〈양평군수 감사장〉

▲ 〈고 강영우 박사님의 정신〉

▲ 〈웃고 있는 남편 강영우 박사〉

▲ 〈잡지 표지〉

▲〈교육특집〉

▲〈교육특집2〉

▲ 〈가족사진〉

▲ 〈헨리 베츠 박사와 주석 등부방과 함께〉

중앙일보
2006년 5월 3일 (수요일)

강영우 백악관 정책차관보
페어팩스 인권상 수상

장애자 인권옹호 공로···18일 시상식

페어팩스 카운티 인권위원회는 1일 백악관 국가장애인위원회 정책차관보인 강영우 박사(62·사진)를 올해의 인권상 수상자로 결정했다.

페어팩스 인권위원회(Human Rights Commission)는 이날 "강박사는 많은 장애자 인권옹호 단체들과 함께 장애자 차별에 맞서 싸우면서도 이들 장애인이 자신의 장애 때문에 포기하지 않도록 도와 왔다"고 시상 이유를 밝혔다.

올해로 28회째를 맞는 페어팩스 인권상은 인권 분야에서 뛰어난 업적을 거둔 개인이나 비영리단체,

사업체를 대상으로 수여된다.

강 박사는 중학교때 실명한 후 30세 도미, 부시 행정부 국가장애위원회 정책 차관보까지 오른 인물. 그는 한국 최초의 장애인 국비장학생, 한국 최초의 시각장애인 박사 등 수식어로도 널리 알려졌으며, 장애를 극복한 감동적 삶이 알려지면서 미국과 세계 저명인명사전에도 올랐다. 그의 자서전 '빛은 내 가슴에'는 미국과 한국 등 7개국에서 출간된 바 있다. 경기 양평 태생으로 한국에선 연세대 문과대를 차석 졸업.

가족으로는 부인과 폴 강 (워싱턴 안과 교수연합 교수)과 크리스토퍼 강(미 민주당 원내대표 단 선임법률보 좌관) 2남이 있다.

한편 페어팩스 카운티는 강 박사 외에 다인종들의 인권을 위해 활동해 온 데보라 포어맨, 하렐 퓰러, 이맘 모하메드 마그리드씨를 비롯 자선단체 CHO 등을 함께 선정했다.

시상식은 오는 18일(목) 타이슨스 코너 쉐라톤 프리미어 호텔에서 오후 6시30분에 열린다. 전영완 기자

▲ 〈페어팩스 인권상 기사〉

강영우박사 (백악관 국가장애위원회 차관보) 특강
주제: "섬기는 지도자 되어 세상을 변화시키라"
교수학습지원센터

▲ 〈우석대 특별 강연〉

▲〈양평군청 앞, 양평이 낳은 강영우 박사〉

남편이 떠난 뒤, 나 홀로 10년

임아(남편의 임종을 지켜준 아내)가 되다

2012년 2월 23일 남편이 소천하니 남편의 임종을 지켜준 아내, '임아'가 되었다. 내가 나에게 지어준 이름….

혼자된 과부, 미망인들에게 위로가 되는 멋진 이름, 그래도 우린 남편의 임종을 지켜주었어요….

황혼 이혼이 많은데, "참고 인내하며 아내인 내 자리를 끝까지 지켰습니다."라고….

부부의 인연을 "검은 머리 파뿌리 되도록" 지켜야 한다는 미덕을 남겼으니 "힘내세요"라고 위로하고 위로를 받고 살아간다.

▲〈나 홀로 10년〉

외출할 때면 늘 나의 왼쪽 팔을 붙잡고 함께 걸었던 50년… 왼쪽 팔이 허전하여 흔들어 보았다. 아무도 없어 혼자 걸어야 한다. 벽에 걸어 놓았던 남편의 사진은 나를 더욱 슬프고 외롭게 만들어 주어 다 내려 놓고, 두 아들 가족사진들만 남겨 놓고 바라본다. 손자·손녀들의 귀여운 모습을 보고 기쁨과 희망을 향해 전진하자고 다짐하며 살아온 지난 10년… '이제 나에게 주어진 나만의 시간을 어떻게 무엇을 하며 지낼까?' 하고 하나님께 기도했다.

나는 내 침실에 성 프란치스코의 '평화를 구하는 기도'를 걸어놓았다.

"나를 당신의 도구로 써주소서. 미움이 있는 곳에 사랑을, 다툼이 있는 곳에 용서를, 분열이 있는 곳에 일치를, 의혹이 있는 곳에 신앙을, 그릇됨이 있는 곳에 진리를, 절망이 있는 곳에 희망을, 어두움에 빛을, 슬픔이 있는 곳에 기쁨을 가져오는 자 되게 하소서…
위로받기보다는 위로하고, 이해받기보다는 이해하며, 사랑받기보다는 사랑하게 하여 주소서…

우리는 줌으로써 받고, 용서함으로써 용서받으며
자기를 버리고 죽음으로써 영생을 얻기 때문입니다."

▲ ⟨평화를 구하는 기도⟩

이 글을 묵상하며 내가 실천할 수 있는 것이 무엇일까…

'주님의 도구로 써주소서. 절망이 있는 곳에 희망을, 슬픔이 있는 곳에 기쁨을 함께 나누어 줄 수 있는 지혜와 힘을 주소서. 위로받기보다는 위로하고, 이해받기보다는 이해하며 사랑받기보다는 사랑하게 하소서'

기도한 이후, 한인 아름다운 여인들(Enlightened Korean American Women's Club)과 함께 미망인들과 장애인 남편을 내조하는 아내들을 초청하여 위로 파티를 열고, 양로원에 가서 기쁨을 주는 행사를 하고, 가정 폭력 피해 여성 돕기, 장애우 돕기, 미군인 가족 선물 바구니 포장 봉사, 구세군 자선냄비 종 흔드는 봉사, Grandparents Day 9월 둘째 주 일요일 기념행사, 이민 어머니 수기 공모, 크로마하프단과 기관의 여러 행사에 가서 연주, 굿윌에 헌 물건 모아 주기 등등 열심히 봉사했다.

▲〈크로마하프 연주〉

시각장애인들의 '희망의 눈'이 되리라

故 강영우 박사의 유업을 이어, '강영우장학재단' 설립

　하나님을 사랑하는 자 그의 뜻대로 부르심을 입은 자에게 모든 것이 합하여 선을 이루어 주심을 믿고, 고 강영우 박사의 정신과 삶을 본받아, 2012년 오늘의 고난을 극복하도록 한국·미국에 있는 시각장애인의 학업과 전문직 연구 개발자들을 돕는 장학회를 설립했다. 한국에서 친지들의 도움으로 은평천사원에 소속시켜 등록하였고, 모금을 하여 제일 먼저 서울 맹학교 후배 중 대학에 입학한 11명, 숙명여대 재학생 1명, 시각장애인 교사 2명을 미국 시각장애인 기관에서 연수 교육 1개월을 받을 수 있도록 지원했다. 나의 서울사대부속고등학교 후배 송기학 영원무역 회장과 김종량 한양대 이사장의 큰 후원이 있었으며 그 외 연세대 동문들도 도왔다.

　그 후 미국 버지니아주에 강영우 장학회를 등록하여

현재까지 50여 명을 후원했으며, 그중에 한국 대전에 있는 목원대학원에 3년 박사과정 학비 전액 2,700만 원을 후원하였는데 제1호 박사를 배출하여 기쁘고 큰 보람이 되었다. 현재는 미국 박사과정에서 법률전공과 상담전공을 하는 2명 학생에게 전액 장학금을 후원해주고 있다.

존경하는 석 은옥 회장님께,

할렐루야!

구원의 은혜를 베푸신 주님께서 기쁨과 평강을 온 누리에 부어 주시기를 간절히 소망하며 먼저 회장님과 모든 가족들이 강건하시고 형통하시기를 기도드리며 문안 올립니다.

저는 *HOPE SIGHT MISSION*(비전시각장애인센터)을 섬기고 있는 추영수 목사입니다.

그동안 강영우장학재단이 보내주신 후원의 사랑은 본 선교회의 부흥성장과 함께 빛을 잃은 많은 장애멤버들에게 큰 힘과 희망이 되고 있으며 무엇보다도 시각장애인학생들에게 공부할 수 있는 기회와 큰 격려가 되었기에 감사를 드립니다.

저희들이 펼치는 선교사역에 관한 내용을 말씀드립니다. 미주 땅에 거주하는 한인 시각장애인(약시자를 포함 약 5~6000명)들의 선교활동을 돕고 있는 본 선교단체는 올해로 23년째 사역을 펼치고 있으며, 미국에 유일하게 세워진 한인시각장애인 단체입니다.

전인적인 구원사역을 중심으로 홀로서기를 위한 재활교육과 직업훈련(원열치료사 양성) 그리고 올바른 신앙생활을 위하여 복음을 전하고 있습니다. 특히 한글 및 영어점자교육, 음성컴퓨터교육, 스마트폰교육 등 약 12가지의 재활교육을 실행하고 있으며 또한 사회복지 서비스 치유사역 장학사업을 통해 장애극복에 최선을 다하고 있습니다.

존경하는 석 회장님!

한 가지 상의드릴 말씀은 요즈음 팬데믹과 경제 한파에 따른 후원의 손길이 점점 줄고 있어 시각을 잃은 많은 멤버들을 섬기기에 역부족인 상황이기에 더욱 관심과 사랑을 요청합니다.

무엇보다도 더 좋은 환경과 교육시설을 갖추고자 새로운 지금의 장소로 이사를 했으나 LA CITY로부터 재활교육관 부속건물(본관건물 뒤채 680 Sq) 설립 허가를 받고도 건축재정이 모이지 않아 공사를 못 하고 있습니다.

시각장애인들에게 꼭 필요한 재활교육 교실을 만드는 것이 시급한 과제이어서 염치 불구하고 회장님께 도움의 손길이 되어주십사 이 글을 적게 되었습니다.

어려운 시기임을 잘 알고 있으나 시력을 잃은 경험을 한 저에게 너무나 필요한 일이기에 송구스런 소식을 전하게 됨을 이해해 주시기를 바라오며 부디 저희들의 선교사역에 후원의 힘을 실어 주시기를 간절히 소망합니다.

그럼 회장님과 회장님이 섬기시는 강영우장학재단 위에 하나님의 평안하심과 형통하신 복이 늘 충만하시기를 축원드립니다. 감사합니다.

제1호 장학생 이길준 박사

여사님! 안녕하세요? 여사님께서 가까운 곳에 계시지 않고 서로 간에 시차가 커서 연락드릴 타이밍을 자꾸 놓치게 되어 아쉽습니다. 아래에 그간의 활동을 적어서 올리겠습니다.

저는 시각장애 1급으로, 2011년 결혼 후 현재 세 딸을 두었습니다. 하나님의 크신 은총으로 2012년 고 강영우 박사님의 사모님이신 석은옥 여사님을 만나 저의 비전을 말씀드렸고, 그 뜻을 이루기 위해 여사님께서는 저에게 여러 가지로 장학금 및 미국 연수비용을 마련해 주시는 등 저를 성장시키기 위한 노력을 해 주셨습니다.

우선, 2014년 여사님께서는 저와 정민섭(시각장애 1급)에게 약 1개월간의 기간 동안 미국의 선진화된 시각장애인복지 서비스를 실천하는 기관들을 견학할 수 있는 기회를 제공해주셨습니다. 저희는 미국의 서부 지방에서 동부지방에 이르기까지 약 20개의 기관을 방문하면서 장애에 대한 많은 철학과 서비스 지원에 대해 배웠습니다. 2016~2019년에 이르기까지 목원대학교 공공정책대학원에서 사회복지학박사를 수료하기까지 저의 등록금 전부를 지원해주셔서 박사학위를 취득할 수 있었습니다. 아울러 2019년에는 저를 포함하여 4명의 시각장애인에게 약 10일간의 일정으로 미국의 시각장애인연합회(NFB: National Federation of the blind)에서 주최하는 컨벤션에 참여할 수 있도록 지원해주셨습니다.

저는 이와 같은 지원에 힘입어 2020년 경기도 부천에 거주지를 결정하고 어울림 사회봉사회라는 민간단체에서 사무국장으로 근무하는 동안 기관 내 장애인들의 일상생활을 지원하는 장애인 활동 지원서비스를 발전시켰고, 근로 지원센터를 설립하여 지역사회 장애인들의 근로 환경을 개선해 주는 가교 구실을 충실히 수행하였습니다. 2021년 1월에는 회원님들의 투표로 (사)경기도 시각장애인연합회 부천시지회 회장으로 당선되어 현재 부천시 생활이동지원센터장으로 근무하

고 있습니다. 회장으로 선출된 이후, 부천시 교통약자
와 협의하여 장애인이동권 질적 서비스 증진에 힘쓰고
있으며, 바우처 콜택시 제도 마련 및 현 근무 기관의
이동지원센터 차량 증차를 성사시키면서 부천시 장애
인들의 이동권 보장 발전에 큰 힘을 쏟고 있습니다. 이
에 더하여 기관 내부적으로 시각장애인들을 위한 다양
한 프로그램을 개발하여 실행하고, 후원금 및 후원품
사업을 높여 지역사회 시각장애인들의 일상생활과 삶
의 질을 향상하고 있습니다. 또한, 시각장애인연합회
내 소리모아 합창단을 포함하여 예술단을 조직하기 위
한 기초 작업을 진행하는 중입니다.

　이로써 석은옥 여사님께서 저를 통해 뿌리신 작은
지원의 씨앗이 점점 자라나서 현재는 지역사회의 장애
인들을 위한 정책 및 사회복지 실천을 하고 있지만, 앞
으로 제 생각과 활동이 풀뿌리 씨앗처럼 퍼져나가 전
국과 세계에 영향을 미칠 수 있기를 소망합니다.

　감사합니다.

숙명여대 행정학과 지유빈 장학생

안녕하세요, 석은옥 이사장님. 이번에 강영우 장학재단에서 장학금을 받게 된 숙명여자대학교 행정학과 17학번 지유빈입니다.

저는 초등학교 3학년 여름방학 때 갑작스럽게 일어난 망막박리로 인해 왼쪽 눈의 시력을 완전히 잃은 경증 시각장애인입니다. 오른쪽 눈의 시력도 매우 낮아 안경을 쓰고도 일상생활에 지장이 있는 수준입니다. 그런 제 삶에 어려움을 더한 것은 가정의 힘든 경제적 형편이었습니다. 눈에 이상이 생겼음을 깨달은 어린 나이의 제가 다른 무엇보다도 수술비가 많이 들 것을 두려워했을 정도입니다. 그러나 점점 자라고 경험을 쌓을수록 좌절하기보다는 희망을 쌓았습니다. 가족에게 큰 병이 생겼거나 대학 등록금 납부처럼 현실적인 어려움에 부닥쳤을 때마다 국가에서, 또는 여러 장학재단에서 적절한 지원을 해주는 것을 직접 경험하고 지켜보았기 때문입니다. 그러던 어느 날, 저는 저희 가족처럼 어려운 사람들을 위해 힘쓰는 단체의 일원이 되길 소망하는 자신을 발견했습니다. 그렇게 행정과

복지에 관심을 갖고 숙명여대 행정학과에서 공부하게
되었습니다.

코로나 바이러스 사태로 인해 모두가 어려운 시기에
취업을 준비하는 저 또한 여러모로 어려움을 겪고 있
었습니다. 바로 그때 강영우 장학재단에서 손을 내밀
어 주었습니다. 제가 성장하면서 경험했던 선한 영향
력을 다시 한번 느끼게 된 것입니다. 저는 이 장학금을
통해 긍정적인 마음으로 학업에 정진하고, 이 경험을
통해 주변의 어려운 사람들을 돕는 올바름을 행하고자
합니다. 약자를 위해 노력하신 석은옥 이사장님과 강
영우 박사님을 롤 모델로 삼아 많은 이들에게 도움의
손길을 내미는 큰 사람이 되도록 최선을 다해 노력하
겠습니다. 존경하고 감사드립니다.

숙명여대 교육대학원 김민정 학생

 안녕하세요. 제 이름은 김민정이고 숙명여자대학교 교육대학원 전자계산교육을 공부하고 있는 학생입니다. 교사의 꿈을 가지고 늦은 나이에 다시 학업을 하면서 고전분투하고 있습니다. 제가 생각하는 저는 배움이 느린 편이어서 쉽게 자신감이 없는 아이가 되고는 하였습니다. 그래서 내가 만약 교사가 되는 과정을 잘 마무리할 수 있다면, 그 경험이 나와 비슷한 고민을 하는 아이들에게 희망이 되어주지 않을까? 라는 생각을 가지게 되었습니다. 세상이 뛰어난 아이들에게 관심을 줄 때 저는 그러지 못한 아이들에게 "너도 할 수 있다." 라고 용기를 주고 싶습니다. 성취는 누구에게 보이기 위함보다는 자신을 위한 것이라고 알려주고 싶습니다. 그리고 제 자신에게도 해낼 수 있음을 증명하고 싶습니다. 저는 현재 공립중학교에서 과학실무사이고 무기계약직으로 근무하고 있습니다. 방학비근무자로 방학 내에 근무일을 계산해서 급여를 받습니다. 방학 때 급여는 보릿고개라는 말이 나오기도 합니다. 급여는 중소기업 대학졸업자의 초봉과 비슷하거나 적을지 모르겠습니다. 제 급여의 많은 부분을 등록금을 모으는 데 사용하고 있고, 매번 가까스로 등록금을 모아서 냈었는데 이번에 주시는 장학금으로 등록금의 부담감이 많이 줄었습니다. 정말 감사합니다. 좀 더 학업에 집중할 수 있는 기회를 주셔서 정말 감사합니다. 주신 도움이 헛되지 않도록 최선을 다하여 노력하겠습니다.

USC(남가주 대학)에서 이찬희 학생

　저는 아주 약간의 시력만 가지고 태어났었고 유치원에 들어간 첫날 바로, 나와 다른 아이들이 다르다는 것을 알고 슬퍼했었습니다. 그러던 어느 날, 가족과 길을 가다가 길거리에 앉아있는 한 아저씨를 보게 되었고, 저는 그분이 뭐 하고 계신 건지 어머니께 여쭤보았습니다. 어머니는 저분은 거지셔서, 집과 먹을 것이 없기에 바구니에 돈을 넣어 달라고 구걸하고 계신 것이라고 알려주셨습니다. 저는 동전 하나를 그분의 바구니에 넣어드렸습니다. 그때, 제 마음속에는 내가 누군가를 도와주었다는 것에 대한 기쁨과, 세상에는 나보다 어려운 상황에 있는 사람들이 있다는 것을 처음 안 슬픔이 공존했던 것을 기억합니다. 그때 저는 하나님께, 앞으로 나는, 저 아저씨처럼 나보다 어려운 이들, 나 말고도 장애를 갖고 있는 사람들을, 환경적으로, 심리적으로, 재정적으로, 영적으로 돕는 삶을 살아가겠다고 약속했고, 오늘날에 이릅니다.

　하지만 제가 대학을 들어갈 때쯤에, 아버지가 암 선고를 받으셔서 일을 하실 수 없게 되셨고, 제가 대학을 다니던 도중에는 그나마 있던 화장품 가게마저도 한국의 경제 하락으로 인해 닫아야만 했습니다. 가족의 형편이 너무나도 어려워졌고 대학 졸업 후 공부를 이어간다는 것은 거의 포기해야만 할 상황까지 갔었습니다. 요즘 같은 시대에서, 아무리 USC(남가주 대학)라고 해도 심리학 학사학위만 갖고는 일을 구하기 어렵기에, 대학 후 공부를 이어갈 수 없다는 현실을 대면하는 것은 쉽지 않았었습니다. 그러던 어느 날, 석은옥 여사님이 운영하시는 강영우 장학재단에서 저한테 연락이 왔습니다. 그것은 장학재단이, 제가 대학원에 간다면 풀 장학금을 지원해주시겠다는 연락이었습니다.

이것은 정말 상상도 못 했던 소식이었습니다. 세상에 나보다 어려운 이들을 도우며 살겠다는 아주 큰 꿈에서, 대학만 졸업하고 어떻게든 일을 찾아보자 하는데까지 떨어져 꿈을 잃어버리기 직전이었던 저한테, 석은옥 여사님의 강영우 장학재단으로부터 온 도움의 손길은, 제 꿈을 다시 회복하는 계기와 희망이 되어주셨습니다.

지금도 그리 형편이 좋은 편은 아닙니다. 아버지는 여전히 가족을 재정적으로 부양하시기는 어려운 상황이시고, 어머니가 약국에서 아르바이트를 하시면서 생계를 이어가고 있습니다. 저도 일을 할 수 있으면 좋겠지만 저는 유학생 신분이라서 합법적으로 일을 할 수 없는 상황입니다. 하지만, 석은옥 여사님과 강영우 장학재단에서 학비를 지원해 주시는 것이 너무나도 힘이 되고 있습니다. 저뿐만 아니라, 미국 전역에서 경제적으로 힘들어하고 있는 장애인 학생들과 가족들에게, 여사님과 강영우 장학재단은 너무나도 큰 힘이 되어주시고, 큰 도움이 되어주고 계심에, 이번 기회를 빌어 진심으로 감사의 말씀을 드립니다. 모두가 어려운 코로나 시기에도, 보다 어려운 이들을 돌아보시며, 도와주시는 여사님과 강영우 장학재단을 보면서, 저 또한 제 꿈을 돌아보며, 또한 여사님을 롤 모델로 삼고 앞으로도 제 꿈을 향해 나아갈 것입니다.

186

서울에서 조원석 학생

석은옥 선생님, 안녕하세요?

화보집 출판을 진심으로 축하드립니다.

또한, 저의 활동을 담을 수 있는 기회를 주심에 감사드립니다.

저의 활동을 어떤 형식으로 적어드리는 게 좋을지 몰라 우선은 이곳에 구술 형식으로 몇 자 적어봅니다.

저는 두 차례의 강영우 장학금을 수여받았습니다. 첫 번째는 아마 제가 대학교 1학년이었을 때로 기억하고, 두 번째는 4학년 마지막 학기를 앞둔 여름이었습니다.

사실, 첫 번째 장학금 수여는 제가 주 대상은 아니었던 것으로 기억합니다. 저는 2013년 2월 서울맹학교 고등부(이료반)를 졸업하고 그해 3월 나사렛대학교 인간재활학과에 입학하였습니다. 그러나 재활이라는 학문이 제가 생각하는 장애인의 자립과는 너무나도 거리가 멀다는 것을 알게 되어 한 학기 만에 학교를 자퇴하였습니다. 그리고 같은 해 가을에는 장애, 비장애를 구분하지 않는 일반 수시전형으로 숭실대학교에 합격하여 2014년 3월 숭실대학교 사회복지학부에 입학하였습니다.

제가 첫 번째 장학금을 받았을 때 주 대상이 아니었던 것으로 알고 있는 건, 그 당시 강영우장학재단과 연결해 주신 서울맹학교의 담당 선생님으로부터 다음과 같은 말씀을 들었기 때문입니다. 즉, 이번 장학금은 이번에 고등학교를 졸업하고 대학에 진학한 학생들이 대상인데 학교를 자퇴하고 다시 입학한, 사실상 재수와 다름없는 저도 한번 추천해 주시겠다고요. 아마도 제가 단순 시각장애인이 아닌 시청각장애인이라는 점, 대학 진학을 목표로 하는 고등부 인문반 졸업생이 아닌 취업을 목표로 하는 이료반 졸업생이라는 점 등에서 담당 선생님이 저를 기억해주신 게 아닐까 하는 생각이 듭니다.

그렇게 첫 장학금을 수여받은 저는 나름대로 최선을 다하여 학교생활을 하였다고 자부합니다. 학업 성적은 평균이었지만, 대학생활 중 교내외에서 다양한 활동을 하며 세상을 경험하였습니다.

학부 시절, 제가 가장 잘했다고 생각하는 일을 한 가

지 소개해드리고 싶습니다. 그것은 저와 같은 시청각 장애인에게 수업 내용을 실시간으로 통역해 줄 속기사를 배치하는 제도를 만드는 것이었습니다. 사실 이러한 학습도우미 제도는 학교의 재량에 따라 이미 일부 학교에서 시행되고 있었지만, 주로 장애 학생이 다니기에 편하기로 소문난 일부 학교만이 시행하고 있었습니다. 숭실대학교의 경우 장애 학생 지원이 수도권 학교 중에서는 비교적 잘되어 있는 곳으로 알려져 있긴 하였지만, 저와 같은 시청각장애인이 대학에 진학하는 경우는 대한민국 전체를 통틀어서도 전례가 손꼽히다 보니 학교에서도 저를 어떻게 지원해야 할지 많이 고민했던 것으로 기억합니다. 그래서 저는 컴퓨터와 점자정보단말기를 연결하여 컴퓨터의 화면을 점자로 읽을 수 있는 방법을 직접 시연하며 제가 어떻게 통역을 받을 수 있는지를 보여주면서 학교를 설득하였고, 그 결과 숭실대학교를 시작으로 나사렛대학교, 대구대학교 등에서도 시청각장애학생을 위한 실시간 문자통역이 제공되기 시작하였습니다. 그리고 몇 년 후에 연세대학교에 입학한 ㅁ맹학교 후배 김하선 양 역시도 시청각장애인으로서 저와 같은 방법으로 통역을 받을 수 있게 되어 기쁘다는 이야기를 들은 적이 있습니다.

그러나 속기사를 배치하여 문자통역을 제공받게 되었다고 해서 바로 모든 문제가 해결되지는 않았습니다. 예산상의 이유로 학교에서는 일주일에 10시간만 문자통역서비스를 제공해 줄 수 있다고 했기 때문입니다. 이에 저는 굴하지 않고 한국시각장애인대학생회의 힘을 빌려 국가인권위원회에 진정서를 제출하였습니다. 다른 학생들과 마찬가지로 똑같은 금액의 등록금을 내고 당당하게 학교에 다니는 제게 정당한 학습지원을 해주는 것은 당연한 일이며, 일주일에 평균 18시간의 수업이 있는 대학생에게 그 절반인 10시간만을 지원한다는 것은 명백한 장애학생 차별대우라고 주장한 진정서였습니다. 이로 인해 한동안은 학교와의 사이가 서먹해지기도 하였지만, 몇 개월의 투쟁 끝에 국가인권위원회는 학교와 교육부가 반반씩 예산을 부담해서라도 풀타임(full-time)으로 문자통역 서비스를 제공하라는 판결을 내렸습니다.

학교와 교육부를 상대로 했던 당시의 투쟁을 생각하면 참으로 외롭고 추웠던 시간이었지만, 덕분에 일차적으로 이후의 제 대학생활이 편해졌고, 나아가서는 당시 나사렛대학교에 재학 중이던 시청각장애인 조영찬 씨나 후배 김하선 양의 학부 생활에도 도움이 되었다 하니 당시의 투쟁을 정말 잘 했다는 자부심을 갖고 있습니다.

제가 대학교 4학년 1학기에 두 번째로 강영우 장학금을 받은 건 선배님이시자 고등학교 시절 선생님이기도 하셨던 이길준 선생님의 추천을 받은 덕분인 것으로 알고 있습니다. 당시 대전에서 지압원을 운영하시던 이길준 선생님의 댁에서 석은옥 선생님께 정식으로 제 소개를 드렸습니다. 당시에 저는 약 1년여 전 열흘이라는 짧은 기간 동안 방문했던 미국 서부 지역에 대한 추억에 한참 젖어 있던 때였습니다. 그때는 한국장애인재활협회의 지원으로 단기 연수차 서부지역에 방문했던 것인데, 시청각장애인에 대한 지원이 전무한 한국과 달리 정말 배울 것이 많았던 미국에 단 열흘 동안만 연수차 머무는 것은 제게는 너무나도 짧은 시간이었습니다.

그래서 강영우 재단으로부터 두 번째 장학금을 받았을 때는 당시 저의 통역(수어통역 및 문자통역)을 맡은 친구와 함께 다시 한번 미 서부 라이트하우스를 방문하였고, 그곳에서 Deafblind캠프에 참가하고, 또한 최근 책을 출판한 시청각장애인 변호사 길머 하벤의 오빠 길머 뮤지의 집에서 일주일간 홈스테이를 하는 등 3주간의 매우 유익한 시간을 보낼 수 있었습니다.

강영우 재단에서 주신 귀한 장학금과 그것으로 만들 수 있었던 그때의 경험은 이후의 제 삶에 지대한 영향을 미쳤습니다. 저는 기존에 제가 알고 있던 지식과 실천지혜에 더해 미국에서 배운 것을 토대로 '시청각장애인의 생활 속 어려움 및 욕구 파악에 따른 복지서비스 지원방향 제안'이라는 주제로 학부졸업논문(학사)을 제출하였고, 우수논문으로 선정되어 교수님의 제안을 받아 이듬해(2018년)에는 해당 논문을 수정하여 한국장애인복지학회에 '시청각장애인의 자립적 삶 지원 기반에 관한 연구: 이동, 의사소통, 정보통신을 중심으로'라는 논문을 투고하였습니다.

학부를 졸업한 이후에는 학부 4학년 때 조직하였던 '손잡다'라는 시청각장애인 자조모임을 본격적으로 운영하기 시작하였고, 장애인자립생활센터에 근무하며 시청각장애인서비스를 개발하고 직접 제공하는 일을 하였습니다. 그러한 과정에서 국내 장애인 관련법을 대표하는 장애인복지법을 개정하는 데 일조함으로써 국내 처음으로 장애인복지법상 시청각장애인에 대한 지원 내용을 넣을 수 있었습니다.

또한, 입장이 다른 주변인들, 특히 시청각장애인을 하나의 삶의 주체보다는 지원의 대상으로 보고 복지사업을 시작한 종교단체, 복지단체들과의 수많은 갈등을 겪으면서도 당사자의 목소리를 내기 위해 끊임없이 투쟁해 왔습니다. 그 결과 여전히 열악한 환경이기는 하나 기존의 '손잡다'는 모임으로 남겨두고 '손잡다'를 전신으로 하여 현재의 '한국시청각장애인협회'를 만들 수 있었습니다.

지금의 한국시청각장애인협회장(저는 회장이라는 공식적인 지칭은 다소 부담스러워 주로 대표라 불리길 원합니다)이 되기까지, 그리고 지금까지도 어려운 난관에 부딪힐 때면 '미국으로 유학가고 싶다'는 생각을 합니다. 특히, 정부와 지방자치단체의 시청각장애인 지원정책이 당사자들의 욕구는 반영되지 않은 기관 중심의 서비스를 채택하고 당사자들의 삶은 변화하지 않는데 소위 기관들만 사업규모가 확대되고 그들만 마치 좋은 일을 하는 것처럼 세상에 알려질 때, '과연 더 이

상 내가 여기서 할 수 있는 일은 무엇인가?' 하는 자괴
감을 느끼곤 합니다. 그럴 때면 반은 도피성으로, 반은
더 성장하기 위해서라도 미국 유학을 꿈꾸곤 합니다.
이러한 저의 진심을 아시는 분들이 몇 분 계십니다. 그
중에는 저와 같은 시청각장애인 당사자도 있고, 저를
오랫동안 보아왔던 맹학교 학부모님들도 계십니다. 그
분들은 저에게 지금 제가 미국으로 혹은 다른 나라로
라도 유학을 가버리면 한국에 남은 다른 시청각장애인
당사자들은 어떻게 되겠느냐며 한국에 남을 것을 신신
당부하셨습니다. 맞는 말이라고 생각하였고, 저 또한
한국을 이대로 두고 갈 수 없다는 생각에 한동안은 해
외로 나가는 꿈을 완전히 접어둔 채 현장을 누비며 살
아왔습니다. 그러나 아무리 당사자의 목소리로 한국
사회에 외쳐도 점점 기관들이며 일부 교수님들의 의견
에 힘을 실어주는 현 상황 속에서 저의 무기력함을 실
감하면서 다시금 한결 더 성장하는 제 모습을 상상하
곤 합니다.

　저에게는 남들로부터 서포트라이트를 받진 않지만
원대한 꿈이 있습니다. 그것은 한국 시청각장애인들
의 삶이 미국의 시청각장애인(Deafblind people)들처

럼 나아지고, 한국도 당당히 세계 시청각장애인연맹의 회원국이 되어 우리보다 어려운 국가의 시청각장애인들의 삶을 발전시키는 데 일조하는 것입니다. 제가 이러한 꿈을 꾸기까지는 두 차례의 강영우 장학금을 통해 쌓은 대학교 시절의 경험, 그리고 사회인으로서 '손잡다'를 운영하면서 무보수 대표직을 수행하며 어려워할 때에 강영우 장학재단에서 다시 한번 보내주신 대표 활동비 목적의 후원이 제게 큰 성장의 밑거름이 되었습니다. 이 자리를 빌려 다시 한번 강영우 장학재단과 석은옥 선생님께 감사의 말씀을 드리고 싶습니다.

이야기가 많이 길어졌습니다. 마지막으로 저의 최신 근황을 말씀드리자면, 저는 현재 모교 숭실대학교에서 일반대학원 석사과정을 밟고 있습니다. 일반대학원은 직장인을 타깃으로 하는 특수대학원과 달리 풀타임 학업을 전제로 하기 때문에 모든 수업이 주간에 있는 관계로 대학원 수업을 듣는 중간 중간 시청각장애인들에게 점자와 점자정보단말기, 점화, 컴퓨터, 안내보행법 등을 가르치고 있습니다. 현재는 방학 중이라 비교적 여유가 있어 전국 각지의 시청각장애인들을 찾아다니는 사이사이 수도권 외 지역의 시청각장애인복지사업

수행기관을 방문하여 강의를 진행하기도 합니다.

실은 이러한 일정 속에 석은옥 여사님의 이메일을 놓칠 뻔하였는데, 하느님께서 이메일을 확인하고 답장을 하라고 가르쳐주신 듯 오늘 새벽 일찍이 잠에서 깨어 이렇게 소식을 전하고 있습니다.

이야기가 많이 길어진 관계로 이만 여기서 줄일까 합니다. 바쁘신 중에도 기억해주시고 이렇게 연락하여주셔서 다시 한번 선생님께 감사드립니다.

아울러 화보집 출판기념차 한국에 방문하실 때에 시간을 허락해주신다면 꼭 찾아뵙겠습니다.

멀리 미국에서도 항상 한국에 보내주시는 관심에 진심으로 감사드리며, 이만 줄이겠습니다.

나 주님의 기쁨 되기 원하네

80년 동안 주님과 함께하는 기쁨과 소원

약 35년 전, 두 아들이 동부 필립스 아카데미 기숙학교로 가니 평일에 남편을 돕거나 교직 생활로 하루 6시간 일하는 것을 제외하고는 주말에 나에게 좀 여유로운 시간이 주어졌다. 그전까지는 하루 24시간, 아침 6시부터 밤 11시까지 바쁘게 운동화를 신고 뛰어다니면서 모든 것을 잘 감당할 수 있는 것만으로도 감사했다. 그러나 개인적으로는 친구를 만날 시간이 전혀 없었는데, 시카고 지역 한국일보에 연말 여러 학교에서 송년 파티를 한다는 광고를 보고 숙명여대 동문회, 서울 사대부고 동문회에 연락하여 청소년 학창 시절 옛 정을 되살리며 참석하기 시작했다. 그러는 과정에서 당시 내가 미 중서부 숙명여대 지회장을 맡고 있었는데, 2006년 창학 100주년 행사를 하는 중에 미주총동문회를 결성해 달라는 이경숙 총장님의 부탁을 받고 남편과 상의했다. 그 일을 맡으면 일이 많아져 한 대뿐이었던 벽걸이 전화를 나누어 써야 하고 나만의 외출도 잦아질 터이니 남편의 허락이 필요했는데, 의외로 흔쾌히 해보라고 허락해주어 기쁘고 보람 있는 일을 할 수 있게 되었다. 1999년 시카고에서 7개 주의 23명 대표가 모여서 미주총동문회를 결성하고, 한인이 가장 많이 거주하는 로스앤젤레스의 이영자 동문을 초대 회장으로 선출하며 2년마다 한 번씩 미주지역을 돌아가면서 총동문회를 하기로 하였다. 지난 23년 동안 남가주, 북가주, 조지아, 뉴욕, 오하이오, 시카고, 텍사스, 워싱턴 D.C, 라스베이거스 등을 돌아가면서 즐거운 학연의 정을 나누고 모교 발전에 여러모로 이바지했으며, 모국 방문도 함께하고 있다. 만남의 인연은 참으로 귀하고 행복한 추억을 갖게 해준다. "우리의 만남은 우연이 아니었어"를 함께 부르며….

그러는 동안 나는 미주총동문회 결정 준비위원장 그리고 이사장을 거쳐 현재 고문으로 동참하고, 지난 23년간 11번을 한 번도 빠지지 않고 참석해 개근상을 받았다. 지난 2022년 1월에는 모교 숙명여대 시각장애 학생들을 위한 강영우, 석은옥 장학기금에 두 아들이

5만 불, 그리고 미국과 한국 강영우장학회에서 모금한 것 일부를 합해 1억 원을 후원하였다. 나의 유산 중 10%를 기증한다는 서명도 하였다.

▲〈숙명여대 감사장 98년〉 ▲〈숙명여대 감사패 05년〉 ▲〈글로벌 숙명여대동문상〉 ▲〈숙명여대 감사패 22년〉

▲〈숙명여대에 시각장애인 장학금 기부〉

▲ 〈숙명여대 미주총동문회〉

▲ 〈자랑스런 부고인상〉

▲ 〈서울사대부고 상을 받을 때〉

⚜

201

▲〈나의 이력 중 한국학교장〉

▲〈대한민국 건국 이승만 대통령의 기념사업회 이사〉

▲〈신사임당상 수상〉

▲ 〈신사임당상 수상2〉

▲ 〈육군간호대학 강연〉

아름다운 여인들의 모임(Enlightened Korean American Women's Club) 결성

　교사직에서 은퇴 후, 나의 천직인 봉사 활동으로 무엇을 할까 생각하다가 미국의 수도 워싱턴에 거주하고 있는 한인들의 위상을 높이고 싶었다. 가장 쉽게 접근할 수 있는 것이 미국 양로원에 가서 영어로 노래도 불러주고, 한국의 문화를 알리는 민속춤과 북도 쳐주며 즐겁게 위로해주는 것이었다. 단원들을 모집하기 위해 신문에 광고를 냈다. 봉사단체 기관 이름은 몇몇 친구들과 상의해서 '아름다운 여인들의 모임(Enlightened Korean American Women's Club)'이라 정하고 봉사를 시작하였다. 의외로 반응이 좋아 회원들이 많이 모여들었다.

　우리 모임의 노래도 만들었다.

　　"아름다운 여인들이 모여서 서로 사랑하면서
　　밝은 길을 찾아 행복해야지 우리 서로 사랑해
　　하나님이 가르쳐준 한 가지 네 이웃을 네 몸과 같이
　　고난, 시련, 절망, 낙심 이기게 우리 서로 사랑해."

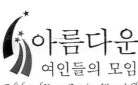

▲ 〈아여모 로고〉

아름다운 여인들의 11가지 실천사항

★★

1. 밝은 미소로 먼저 인사함
2. 사랑한다는 말보다 사랑하는 마음을 주려고함
3. 사랑한다는 것은 기다린다는 날인줄로 믿음
4. 아름다운 언어를 사용하여 행복을 나눔
5. 남의 실수를 이해하고 관용을 베풂
6. 남을 도움에서 즐거움을 찾고 아름다운 추억을 만듦
7. 외로운 분들께 전화로, 이메일로 안부 전함
8. 날마다 책을 읽고 지식과 지혜를 이웃과 나눔
9. 행복한 가정에 소중한 여인의 자리를 굳건히 지킴
10. 항상 기뻐하고 쉬지말고 기도하며 범사에 감사함
11. 나로인해 세상이 조금 더 아름답게 되기를 실명함

▲ 〈아여모 실천사항〉

날로 회원들이 많이 모이고 발전하여 양로원 봉사를 넘어서 같은 한인 중 어려움을 겪는 여성들도 돕기 시작하였다. 바자회를 열고, 헌 물건을 모아 판매도 하고, 시각장애인들을 위해 녹음 도서를 만들어 주고, 크리스마스 때는 자선냄비를 들고 모금하기 위해 종을 흔드는 일도 하였다. 또한, 회원들의 친목을 위해 백악관 투어도 했으며 지역사회에 도움이 되는 일을 찾았다. 한인 여성들의 이민수기도 모집하고, Grandparent Day 9월 둘째 주 일요일을 기념하는 미국 국가 명절날에는 우리 한인 할아버지, 할머니들의 이민 생활 수기 등을 공모하여 책을 출판해주는 등등, 여러 가지 봉사로 인해 기쁨과 보람을 느끼며 회장직 10년을 하고 2016년에 은퇴하였다.

▲ 〈아름다운 여인들의 모임(2016년 10주년)〉

▲ 〈아름다운 여인들의 모임(2016년 10주년)2〉

▲ 〈봉사활동1〉

"노인봉사·장애인 지원 노력"

▲ 〈봉사활동2〉

▲ 〈봉사활동3〉

▲ 〈봉사활동4〉

▲ 〈봉사활동6〉

▲ 〈봉사활동5〉

▲ 〈아여모 행사2〉

▲ 〈아여모 행사1〉

▲ 〈아여모 활동1〉

▲ 〈아여모 활동2〉

▲ 〈아여모 활동3〉

▲ 〈아여모 활동4〉

▲ 〈아여모 활동5〉

▲ 〈아여모 활동6〉

▲ 〈아여모 활동7〉

나의 이민생활 에피소드

화가 복이 되어

나의 남편 강영우 박사는 15세에 축구공에 눈을 맞아 망막박리로 실명하고 부모도 없이 갖은 고난 속에 있을 때 하나님이 보내주신 아름다운 인간천사들의 도움으로 1976년 4월, 펜실베니아 주 피츠버그대학에 유학할 수 있었다.

3년8개월 만에 한인 최초의 장애인으로 박사 학위를 받아 한국과 미국 신문 및 방송에서 대서특필되었다. 당시 피츠버그 대학의 교육학과가 서울대학과 자매결연을 맺어 박사학위를 따면 바로 모셔 갈 터라 우리도 곧 한국에 취직이 되리라 기대하고 있었다.

그런데 한 달이 지나도 아무 곳에서 연락이 없었다. 그 이유는 아직 한국에서는 시각장애인이 교수를 할 수 있는 여건이 안되었다는 것이다. 본질적인 이유는 한국정서에 깔려있는 '아침에 장님 보면 하루 종일 재수 없다'는 그릇된 편견으로 일반인들이 시각장애인과 동료로 마주앉아 일하는 것이 불편했던 시절이었기

석은옥
(페어팩스, VA)

때문이다.

당시 우리 가족은 3살 된 큰아들과 막 태어난 2달된 둘째 등 4명의 식구가 로타리재단에서 매달 생활비로 주는 200달러로 살고 있었다. 90달러를 아파트 렌트비로 내고 남은 110달러로 살 때였는데 학교를 졸업하면서 학생 비자도 만료됐고 생활비도 받을수 없게 됐다. 미국도 한국도 갈 곳이 없었다.

마음을 가다듬고 박사후 과정(Post Doctoral) 프로그램

에 들어가 우선 비자를 연장하고 미국에서 일자리를 찾기 시작했다. 수백 곳의 시각장애인 기관에 연락하여 마침내 1977년 1월부터 인디애나 주 개리 시 교육청에서 일할 수 있고 영주권도 해 준다는 연락을 받았다.

이렇게 하여 우리 가족에게 뜻하지 않은 미국 이민의 길이 열렸다. 그 후 미국 대학 교수가 되고 첫 저서 '빛은 내 가슴에'와 영문판 'light in my heart'가 출간되고 여러 곳에 초청받아 강연하게 되었다.

로버트 슐러 목사님 등의 초청을 받으며 어느새 명사가 되어 미국 장애인 민권법에 서명한 아버지 부시 대통령을 만나게 되었고, 그 후 아들 부시 대통령의 백악관 직속 장애인정책자문위원으로 임명을 받았다.

남편이 떠난 지 벌써 8년, 강영우 장학재단을 통해 시각장애인들을 도우면서 지난 이민생활을 되돌아보니 그때의 고난이 축복이었다.

▲ 〈이민생활 에피소드〉

⚜

210

끝없는 나의 활동

최근 나의 콘도에서 매주 금요일 오후에 크로마하프를 지도하는데, 맹인 아내 샐리와 맹인 남편 상묵은 나의 강의를 녹음해서 집에서 연습하고 서로 돕는 아름다운 부부이다. 지난 봄학기에 평생교육원에 등록해서 배우고 있는 그들에게 개인지도를 해주고 있고, 지난 주에는 수영장에도 안내하였다. 이런 기회를 주신 하나님께 감사드립니다. 이것이 내가 할 수 있는 일이고 기쁨입니다….

▲ 〈Sally 하프 지도〉

▲ 〈석은옥 하프〉

▲ 〈매일 수요일마다 하프지도활동〉

크로마하프 초급반

크로마하프의 가장 큰 매력은 배우기가 쉽다는 것입니다. 코드 하나만 누르면 화음이 나오기 때문에 음악 교육을 받은 적이 없는 분들도 쉽게 배우실 수가 있습니다.

교회 찬양 모임이나 그 외의 단체에서도 단 선율만 연주하는 다른 악기와는 달리 크로마하프는 하나만 갖고도 조화로운 화음을 만들어내니 오케스트라가 부럽지 않습니다.

강의: 석은옥 선생님

▲〈현재 나의 활동1〉

▲〈현재 나의 활동2〉

▲〈간증집회〉

▲〈간증집회2〉

▲〈간증집회3〉

▲〈간증집회4〉

▲〈자전수기 출판〉

▲〈올 네이션스 한국학교 운영〉

Sally의 편지

오늘은 카톨릭 교회에서 정한 조부모를 위해 기도하는 날입니다. 비록 사모님이 저희 어머니는 아니지만, 평생을 자식들과 어려운 시각장애인들을 위해서 사시는 사모님을 우리들의 어머니라고 생각하고 건강을 위해 기도드리겠습니다. 감사합니다. 사모님을 미국에서 만나 뵐 수 있어 너무나 큰 영광이며 기쁨입니다. 열심히 크로마하프를 배워 더욱 행복한 삶을 살겠습니다.

Sally 드림

▲ 〈샐리 상묵부부〉

미주 장애인체육회출범 축사

장애인 스포츠정신에 관심과 후원해주신 이곳에 모인 모든 분을 만날 수 있어 반갑고 감사합니다. 특별히 안경호 재미 대한 장애인 체육회장님, 남정길 워싱턴 지회장님 외 미주 8개 지부장님들과 한국을 빛낸 88 패럴림픽 휠체어 육상 금메달리스트인 백민애 사무총장님의 헌신에 장애인 가족의 한 사람으로 경의와 감사를 드립니다. 장애는 좀 불편한 것뿐이지 불가능한 것이 아니라는 교육철학에서 고 강영우 박사는 "나는 '장애에도 불구하고'가 아니라 장애를 통해서, 장애 때문에 더 큰 꿈을 가질 수 있었고 나의 약함을 통해서 하나님께 영광을 올려드려야 한다는 믿음으로 포기하지 않았기에 많은 것을 성취할 수 있는 축복을 받았다."고 고백하셨습니다. 1968년에 케네디 대통령의 누

석 은옥, 이사장
강영우 장학재단

703-298-8475
Kyoungkang42@yahoo.com

9521 Bastille St., #404
Fairfax, VA 22031

▲ 〈강영우 장학재단 후원자가 되어주세요〉

▲ 〈강영우 장학재단 로고〉

이, 유니스 케네디 수라이버는 형제 중 한 명이 지적
장애자이어서 그를 돕기 시작하다가 인간존엄성에 근
거한 사랑으로 미국에서 Special Olympics을 시작하
였고 더 나아가 국가에서 오늘날 세계기관으로 발전시
켰습니다. 우리 모두 장애인과 그 가족들에게 용기와
희망을 주는 진정한 친구가 되어주시기를 바라며 재미
대한장애인 체육회의 무궁한 발전으로 한인교포 장애
인들이 스포츠를 통해 영육 간에 더욱 힘찬 미래를 개
척해나가기를 기원합니다.

미주 강영우 장학회 이사장 석은옥

2019년 8월 3일

▲〈워싱턴 한국학교협의회 이사회모임〉

▲〈명예 권사 추대상장과 여러 곳에서 받은 상패들〉

▲ 〈2022년 7월 16일 이사 모임〉

복음성가

주님의 은혜로 살아가는

1. 주님의 은혜로 살아가는 당신의 모습이 참 아름다워요
   주님의 사랑을 나누어주는 당신의 모습이 너무 아름
   다워요
   하나님을 감동시키고 세상을 변화시키니
   당신은 이 세상에 필요한 사람 하나님이 좋아하는 사람
   당신 때문에 어둔 세상이 사랑으로 가득차지요
   당신 때문에 하나님께서 더욱 영광 받으시지요.

2. 말씀에 순종하며 살아가는 당신의 모습이 참 아름다
   워요
   주님이 맡긴 사명 감당 잘하는 당신의 모습이 너무
   아름다워요
   하나님을 감동시키고 세상을 변화시키니
   당신은 이 세상에 필요한 사람 하나님이 기뻐하는 사람
   당신 때문에 어둔 세상이 찬양으로 가득차지요.
   당신 때문에 하나님께서 더욱 영광 받으시지요.

이 찬양이 널리 퍼져 가기를 기원하며 몸 찬양 (Worship dance)도 배워 몸과 마음이 온전히 하나님께 감사와 영광을 올려 드리는 삶이 되도록 오늘도 기도로 시작한다.

▲ 〈몸찬양 기사〉

▲ 〈교회에서 몸찬양 지도, 앞줄 지도(6년 전)〉

맨 끝

시인 **석정희**

(팔순 축하)

불의의 사고로
소년기에 장애를 입은
맹인소년의 눈과 손이 되어

시대적 인식에 앞서
연하인 남편을 배필로 일생을 살며

두 아들을 낳아 기르고
동반인 강영우 남편을
한국 최초의 맹인박사로 탄생시킨

장한 어머니요 현숙한 아내

석은옥 님의 팔순을 축하합니다

한 여인의 눈물겨운 뒷바라지는
마치 고목나무 위의 까치둥지 같았겠지요
비바람 몰아치는 사나운 환경
틈만 나면 덤벼들세라 기웃거리는 수리떼들
견디고 이겨 오늘을 맞으셨습니다

다만 의지가 되었던
환란 때에 숨을 피난처를 주신
하나님 계셨음에 감사 드리고

소망의 기도에 응답하셨음에
우리 모두 입 모아 찬양 드리며

석은옥 님의 팔순을 인도하신 하나님
앞날에도 함께하시길 간구합니다

마무리하며

　8월 1일, 새 아침이 열렸다, 만 80번째 생일이 지난 지 벌써 두 달이 지나, 행복했던 '팔순잔치' 사진을 벽에 걸어 놓고 매일 감사를 드린다. 오늘이 있기까지 나를 지켜주신 하나님의 지극하신 사랑 덕분에, 팔십이 넘었지만 건강하고, 일상에 필요한 것을 혼자 해결할 수 있고, 길 건너 노인센터에 가서 탁구를 하고, 노인들과 게임도 하며, 운전을 직접 해서 일주일에 2번은 수영도 하고 '스파'에서 몸의 근육을 풀기도 한다. 수요일마다 시니어 평생 교육원에서 '크로마하프'를 지도하고 저녁이면 혼자 찬송을 연주하고 성경필사를 하고 있다. 주일에는 꼭 교회에 참석하여 성경 말씀을 배우고 친교하며, 하나님의 자녀가 된 축복에 감사드린다.

　이제 백발이 된 내 모습, 80년 전 어머니 품에 안

긴 내 모습부터 구비구비 지난 세월을 한 권의 회고집으로 출간할 준비를 거의 끝내고 있다. 아직도 생생하게 기억되는 추억의 세월들이 그리워 새롭게 모든 자료를 모아 보았다.

80년, 2만 9천 2백 일을 매일 나와 함께해 준 손과 발에도 감사하고 싶다. 볼 수 있고 들을 수 있고 기억해 낼 수 있으니 얼마나 감사한 일인가! 80년의 시간이 주마등처럼 스쳐간다… 참으로 기적 같은 순간순간들이 정말 '나'였는지 믿기지 않는다!

이제 주님 안에서, 이 땅에서 남은 삶이 얼마나 있을까? 오늘이 마지막일 수도 있다는 겸허한 마음이 앞선다. 하루하루 성실히 나를 지켜주시는 하나님의 사랑에 무엇으로 보답할 수 있을까? 나에게 주신 사명은 무엇인가?

어머니, 아버지의 사랑을 독차지한 외동딸이었으며 유치원, 초등학교, 중학교, 고등학교에서 만난 친구들과의 우정이 있었기에 학창 시절은 무척 행복했다.

그리고 대학에 들어가 청년 시절에 예수님을 나의 구

세주로 모시고, 나를 위해 십자가에서 돌아가신 그 사랑, "네 이웃을 네 몸과 같이 사랑하라"고 하신 말씀에 순종하며 살겠다고 결심했다. 국적과 인종을 초월한 적십자사 정신을 배우려고 노력했으며, 서울 청계천 3가에 위치한 적십자사 지사에서 서울 대학생들이 모인 청년봉사회에 가입하여 매주 봉사활동을 했다.

1961년 미국 케네디 대통령의 취임 연설, "국가가 당신을 위해 무엇을 할 수 있는지 묻지 말고, 당신이 국가를 위해 무엇을 할 수 있는지 물으십시오!" 이 말씀에 감동하여, 대학생이 된 나는 무엇을 위해 살아야 하는지, 장래 비전을 꿈꾸며 열심히 공부했었다.

나의 인생을 180도로 돌려준 만남의 인연은 하나님의 인도하심이었으며 축복이었다. 시력을 잃고 고아가 된 서울 맹학교 학생, 중학교 교복을 입은 맹인 소년, '강영우'와의 만남과 만 50년을 함께한 삶은 정말 행복했다.

주님, 감사합니다! 나를 오늘까지 인도해주시고 축복해주신 은혜를 무엇으로 갚을 수 있을까요? 한 가지 소원은 내 이웃 시각장애인들을 돕고 싶다는 것입니다. 저는 아직 볼 수 있는 시력이 있고, 말할 수 있고, 타자 칠 수 있고, 운전할 수 있으니, 시력을 잃은 맹인들에게 조금이나마 도움을 주고 싶습니다. 그래서 '강영우장학회'재단을 설립했습니다. 그것이 저에게 주신 사명이라고 믿습니다. 그리고 세상 떠난 후 내 비석에 맹인을 사랑한 여인, '석은옥'이 이곳에 묻혔다고 적어놓고 싶습니다. 이것이 주님을 기쁘게 해드리고 받은 축복에 감사가 되기를 기원합니다, 이 책이 잘 나오도록 수고해주신 행복에너지 출판사, 권선복 대표님과 추천사를 써주신 김장환 목사님, 김종량 한양대 이사장님, 전진석 담임 목사님, 숙명여대 장윤금 총장님, 양성전 목사님, 미주 강영우장학회 수잔 오 부이사장님, 황오숙 총무이사님 외에 도움을 주신 모든 분들에게 진심으로 감사드립니다.

「나에게 힘이 되어준 성경말씀」:

*우리가 알거니와 하나님을 사랑하는 자 곧 그 뜻

로 부르심을 입은 자들에게는 모든 것이 합력하여 선
을 이루느니라 (로마서 8장 28절)

*내게 능력 주시는 자 안에서 내가 모든 것을 할 수 있
느니라 (빌립보서 4장 13절)
*사랑은 오래 참고 사랑은 온유하며 시기하지 아니하
며 사랑은 자랑하지 아니하며 교만하지 아니하며 무
례히 행하지 아니하며 자기의 유익을 구하지 아니하
며 성내지 아니하며 악한 것을 생각하지 아니하며
불의를 기뻐하지 아니하며 진리와 함께 기뻐하고 모
든 것을 참으며 모든 것을 믿으며 모든 것을 바라며
모든 것을 견디느니라 (고린도전서 13장 4~7절)

*사람이 마음으로 자기의 길을 계획할지라도 그의 걸
음을 인도하시는 이는 여호와시니라 (잠언 16장 9절)

「몸찬양 (Worship dance)」:
*내가 그리스도와 함께 십자가에 못 박혔나니 그런
즉 이제는 내가 사는 것이 아니요 오직 내 안에 그
리스도께서 사시는 것이라 이제 내가 육체 가운데

사는 것은 나를 사랑하사 나를 위하여 자기 자신을 버리
신 하나님의 아들을 믿는 믿음 안에서 사는 것이라 *(갈
라디아서 2장 20절)*

*일어나 걸어라. 내가 새 힘을 주리니 일어나 너 걸어
  라. 내 너를 도우리 (일어나 걸어라)

「내가 좋아하는 찬송」:

새찬송가 (490장) 주여 지난 밤 내 꿈에
주여 지난 밤 내 꿈에 뵈었으니 그 꿈 이루어 주옵소서…

새찬송가 (491장) 저 높은 곳을 향하여
저 높은 곳을 향하여 날마다 나아갑니다 내 뜻과 정성
모아서 날마다 기도합니다

새찬송가 (493장) 하늘 가는 밝은 길이
하늘 가는 밝은 길이 내 앞에 있으니 슬픈 일을 많이 보고
늘 고생하여도 하늘 영광 밝음이 어둔 그늘 헤치니
예수 공로 의지하여 항상 빛을 보도다

통일찬송가 (434장) 나의 갈 길 다 가도록

나의 갈 길 다 가도록 예수 인도하시니
내 주 안에 있는 긍휼 어찌 의심하리요
믿음으로 사는 자는 하늘 위로 받겠네
무슨 일을 만나든지 만사형통하리라

복음 성가 (나 주님의 기쁨 되기 원하네)

나 주님의 기쁨 되기 원하네
내 마음을 새롭게 하소서
새 부대가 되게 하여 주사
주님의 빛 비추게 하소서
내가 원하는 한 가지
주님의 기쁨이 되는 것
겸손하게 마음을 드립니다
나의 모든 것 받으소서
나의 마음 깨끗하게 씻어 주사
주의 길로 행하게 하소서

Footprints

One night a man had a dream. He dreamed he was walking along the beach with the Lord. Across the sky flashed scenes of his life. For each scene, he noticed two sets of footprints in the sand; one belonging to him, and the other to the Lord.

When the last scene of his life flashed before him, he looked back at the footprints in the sand. He noticed that many times along the path of his life there was only one set of footprints. He also noticed that it happened at the very lowest and saddest times of his life.

This really bothered him and he questioned the Lord about it. "Lord, You said that once I decided to follow You, You'd walk with me all the way. But I have noticed that during the most troublesome times in my life, there is only one set of footprints. I don't understand why when I needed You most, You would leave me."

The Lord replied, "My precious child, I love you and I would never leave you. During your times of trial and suffering, when you see only one set of footprints, it was then that I carried you."

Author Unknown

가을 단상(斷想)

일흔의
고희연(古稀宴) 때
10년의 덤.

여든까지만
건강(健康)하게 살았으면 하는 소망(所望)
부질없는 욕심(慾心)이 아닌가 하는 생각에
남몰래 조심스레 가슴에 품었었는데~

이제~~~
바람 따라 구름 따라
새 날이 밝아
여든 고개에 오른
하얀 늙은이가 되었다.

내가 흘려보낸 것도 아니고

내가 도망(逃亡)쳐온 것도 아닌데
세월(歲月)이
제 자랑하며 흘러 버렸으니
청춘(靑春)이란 꽃밭은
아득히 멀어져 잊혀지고
흰머리 잔주름에
검버섯 같은
허무(虛無)만 남았다.

이제 갈 길은 외줄기,
피할 수 없을 바에는 홀가분하게 그 길을 걷자.

탐욕(貪慾)과
아집(我執)
버겁고 무거운 짐
다 내려놓고
가벼운 몸 즐거운 마음이면 좋지 않겠나.

그저 하루하루 즐겁고
당당(堂堂)하게 걸으면
되지 않겠나.

고운 마음으로 열심(熱心)히 살면
지금까지의
세월(歲月)이
바람처럼 흘렀듯,
또 10년이 강물처럼 흘러
어느 날 아흔이 되어 있을지 모르지 않는가.

건강(健康)하고 즐거우니
이것도 축복(祝福)과 은혜(恩惠)가 아닌가.
같이하는
가족(家族)에게 감사(感謝)하고,

함께 걷는 친구들에게 감사하고,

인연(因緣)이 닿은 모든 분들께 감사하며 살련다.
그리고 사랑한다는 말도 미리 해두고 싶다.

인생(人生)
100세(歲)
시대(時代)에
인생 여든은

아직 시들 나이가 아니다.
90보다 젊고 100보다 어리지 않은가.
잘 익은
인생(人生) 여든,
저녁노을 고운
빛깔처럼
절정(絶頂)을 준비(準備)하는 나이
지금 세대(世代)는
믿건 말건,
인생 팔십(八十)이
전성기(全盛期) 시대(時代)라고 한다.

우리도 한번 !!!
빨갛게 물들어 봐야
하지 않겠는가 ?

▲ 〈드라마 눈먼 새의 노래 1〉

▲ 〈드라마 눈먼 새의 노래 2〉

▲ 〈드라마 눈먼 새의 노래 3〉

▲ 〈드라마 눈먼 새의 노래 4〉

▲ 〈영화로 제작된 우리의 이야기〉

▲ 〈영화로 제작된 우리의 이야기 포스터〉

▲ 〈시드니 오페라 하우스에서〉

▲ 〈남편이 버지니아 스프링필드 자택에서 컴퓨터로 일을 하고 있는 동안 곁에서 다정히〉

▲〈강영우 저서세트 전 6권〉

▲ 〈1972년 연세대 졸업〉

▲ 〈결혼식〉

▲ 〈노년의 한때〉

▲ 〈슈퍼맨으로 유명한 배우 크리스토퍼 리브와 함께〉

▲ 〈국제로타리재단 평화센터에 장학금 25만 달러를 기부한 후 가족, 로터리 재단 관계자,
　 평화프로그램 학생들과 기념촬영〉

▲ 〈출판기념회〉

▲〈루스벨트 홍보센터 127인에 선정1〉

▲〈루스벨트 홍보센터 127인에 선정2〉

▲ 〈대한적십자사의 적십자 인도장 수여식에서〉

사회발전과 여성의 삶
석은옥 (故 강영우 박사 부인)

KTV

결혼 후(1972년) 미국 유학 길에 올라 (당시 해외유학
결격사유에서 '장애'를 삭제하고 한국 장애인 최초 정규 유학)

▲ 〈한국정책방송 KTV 인터뷰〉

시각 장애인들을 돕는
강영우 박사 장학회
Dr. Young Woo Kang's Scholarship Foundation

▲ 〈강영우 박사 장학회, 장애인 남편을 돕는 아내들을 초청하여 상과 격려금을 조금씩 드렸습니다〉

▲ 〈자랑스런 부고인상〉

▲ 〈제43회 국가조찬기도회에서〉

▲〈인터뷰를 하며〉

▲〈여선교회 서울남연회연합회 선교대회 특강순서에서 몸찬양 모습〉

▲ 〈강영우 장학재단의 설립자로서〉

신문기사들

함박꽃향기 같은 석은옥 여사님과의 데이트

아름다운 만남

▲〈석은옥 님과 민 에스더님〉

봄꽃 향기가 아름다운 것은, 긴 겨울 인고(忍苦)의 시간을 견디어 냈기 때문일 것이다. 가을날 들판을 가득 채우는 황금빛 곡식의 물결은 하나하나의 씨앗들이 땅에 떨어져 죽었기 때문일 것이다. 인류를 사랑하긴 쉽지만 한 사람을 위해 자신의 생을 내어 줄 수 있다는 것은 쉬운 일이 아니다. 가장 아름다운 젊음을 시각 장애를 입은, 고아와 같았던 한 소년을 위해 온전히 드린, 그래서 별처럼 빛나는 영광스러운 자리에 함께 나란히 서 계신 아름다운 분을 만났다. 돌처럼 묵묵히 인내했던 세월을 지나 은처럼 맑게 빛나는 생애를 넘어 지금은 옥처럼 귀한 보석이 되어 수많은 사람들의 등대가 되고 있는 석은옥(石銀玉) 여사님…~!

　기자는 어떤 힘이 그분을 지탱해 왔고, 그 많은 세월 견디어 아름다운 사랑의 꽃을 피워냈는지 그것이 무척 궁금하였다. 우리의 만남은 시청 앞에 있는 모 호텔 스위트룸에서 시작되었다. 그 호텔 사장의 배려로 일반 룸 가격에 한국에 나오실 때마다 그곳에 머무신다고 했다. 오늘의 데이트를 기대하셨노라고 말씀하시는 여사님의 얼굴이 소녀처럼 상기되었다. 사실 기자도 설렘으로 이날을 기다려왔다. 백악관 미 국무부 장애인 정책 차관보의 아내로서가 아닌 한 여성으로서의 석 여사님을 더 깊이 알고 싶었던 까닭이다. 마땅히 갈 곳을 정해 놓은 것이 아니라서 우리는 택시를 타고 북악 스카이로 향하였다. 인왕산 숲속에서 들찔레 향기가 진하게 풍겨왔다.

우리는 먼저 그곳에서 간단히 점심 식사를 했다. 무슨 말을 해야 할지 몰라서 우선 최근 여사님께서 직접 집필하신『그대는 나의 등대, 나는 그대의 지팡이』책에 관한 화두로 말문을 열었다. 강영우 박사님이 쓰신 책들은 기독교 출판사를 통해 이미 베스트셀러로 한국의 기독교서점가를 점령하고 있다. 그러나 여사님이 쓴 이 책은 한 맹인 소년을 누나로 만나 자원봉사자로 섬기다가 사랑이 싹트기까지 그리고 집안의 반대를 무릅쓰고 결혼하고 아이 둘을 낳고 열리지 않는 환경 속에서 낙심하지 않고 주님을 향한 믿음으로 견디어낸 세월에 대해 여성으로서 겪었던 사실들을 담담히 서술하고 있다. 여사님은 요즘 조금만 어려움이 와도 이혼하는 젊은 세대들에게 이 책을 전하고 싶다고 했다. 이 책은 진정한 사랑이 무엇인지 잘 알지 못하는 수많은 사람들에게 빛을 비춰주는 등불과도 같은 책이다. 또한 석 여사님이 이 책의 인세를 맹아학교 학생들을 위한 장학금으로 내어놓았기에 이미 몇몇 맹아 학교 학생들이 장학금의 혜택을 입었다.

고아나 다름없던 한 맹인 소년을 한인으로서는 최초로 미 행정부 장애인 정책 차관보의 위치로 이끌기까지, 그리고 루즈벨트재단이 선정한 공로자 127인에 선정되기까지 두 아들을 변호사와 안과 의사로 훌륭히 키워낸 세월, 한 여성의 아름다운 헌신이 조용한 고백으로 나타나 있다. 석 여사님은 남편 강영우박사님뿐만 아니라 주변에 시각 장애인들만 보면 주체할 수 없는 연민이 가슴에 가득 차오른다는 것이다. 석 여사님의 이 같은 아름다운 헌신의 마음이 맹아학교에 다니던 학생들을 돕고자 하는 장학금 지원 사업이 되어 작은 불씨가 시작된 것이다. 맹아학교 학생들의 입장에서 보면 장애를 딛고 꿈을 이루어내신 강영우박사님의 생애는 존경과 희망 그 자체이기에 석 여사님의 이 같은 마음은 꽃보다 더 아름답다. 이 작은 사랑의 마음이 씨앗이 되어 더 큰 열매로 영글어 가리라…

석은옥 여사님은 이제 손녀까지 본 연세에 이르러

얼굴에 언뜻 비치는 주름이 있어도 숲속 함박나무 꽃처럼 곱고 향기로운 분이시다. 사람의 얼굴에는 그 사람이 살아온 여정이 쓰여 있기 마련이 아닐까? 주님과 동행하는 삶 속에서 그분을 닮으려 애써온 사람의 얼굴엔 흔적이 있다. 그리스도의 형상이 그 외모에서 나타나 비치는 것이다. 기자는 취재를 위해 혹은 상담을 위해 수많은 사람들을 만나 보았다. 아무리 외모가 아름다워도 그 속에 주님이 거하시지 않는다면 잠깐 빛나고 스러지는 아침 이슬처럼 그 아름다움이 오래가지 못한다. 그러나 고운 것도 헛되고 아름다운 것도 거짓되지만 여호와를 경외하는 여인은 칭찬을 받으리라는 잠언서의 말씀대로 중심에서 주님을 향한 경외심을 품고 살아온 사람들과 그분을 닮고자 섬김의 삶을 살아온 사람들의 모습은 어딘가 모르게 다르다.

사람에게도 향기가 있다는 것을 체험해본 적이 있다. 천안의 학화 호두과자 원조 할머니이신 심복순 권사님이시다. 그분의 몸에서는 세상에서는 흉내 낼 수 없는 천상의 향기가 난다. (크리스챤 뉴스위크 2003. 10. 25 189호 기사 참조) 그분의 몸에서 나는 향기는 믿는 사람이나 믿지 않는 모든 사람들에게 하나님이 살아계시는 신비한 증거가 된다. 그러나 석 여사님의 생애는 그 자체가 향기 나는 삶이다. 시각 장애를 가진 남편을 위한 헌신도 그렇고… 또한 자녀들을 훌륭히 키워낸 어머니로서도 존경받을 만한 분이시다.

석 여사님은 『나는 그대의 지팡이 그대는 나의 등대』 서문에서 '이제 우리 부부는 인생 육십을 넘겼다. 가만히 눈을 감으면 지난 세월들이 주마등처럼 스쳐간다. 하나님의 오묘하신 섭리 가운데 나의 인생에 큰 전환점이 되었던 한 맹인 소년과의 만남! 그리고 흘러간 43년의 세월! 1961년 5월 셋째주일 오후, 소공동 걸스카우트 본부에서 생전 처음 보는 맹인 소년의 손을 덥석 잡고 광화문 사거리로 나섰다. 그런 용기가 어디서 나왔던 것일까? 그 후 자원봉사자로 1년, 누나로 6년, 약혼녀로 3년, 그리고 아내로 32년을 강영우씨의 그림자가 되어 살아왔다. 그동안 베풀어주신 놀라운 하나님의 계획과 축복들…그때는 고개를 젓던 사람들도 오늘에 와서는 하나님의 역사하심이라고 이구동성으로 찬사를 보내고 있다.'고 밝히셨다.

무심코 스쳐 지나쳤을 수도 있었을 텐데 맹인 소년을 향한 따뜻한 동정심으로 시작된 사랑이 결국 부부의 인연으로까지 이어졌고, 이 거짓 없는 사랑이 절망 속에 고통받고 있던 한 소년에게 큰 위로와 격려가 되어 지금은 많은 사람들에게 존경과 흠모의 대상이 되는 자리에 올라있다. 그러나 그 사랑은 일방적인 것만은 아니었다. 강영우 박사는 아내에게 등대와 같은 존재가 되어 그녀의 가능성을 일깨워 주었고, 삶의 힘든 고비마다 함께하는 변함없는 든든한 동반자가 되어주었다.

우리는 택시를 타고 청계천으로 자리를 옮겼다. 도심 속을 가로지르는 아련한 옛 고향의 시냇가 같은 정취는 아니어도 돌 틈 사이로 심어놓은 아이리스의 노란 꽃빛은 아름다웠다. 청계천변과 조금 위의 도로의 공기는 확연하게 차이가 났다. 석 여사님의 생애는 인류에게 희생의 정신으로 뿌린 씨앗이 얼마나 아름다운 열매를 맺는지를 보여주는 아름다운 증거가 되었다.

기자는 웃으며 한 여성으로서 소원이 있다면 무엇이

있느냐고 여쭈어 보았다. 석 여사님은 빙그레 미소를 지으며 남편이 운전하는 차 옆에 한번 타보는 것이라고 하셨다. 장애를 가진 사람들도 무엇이나 할 수 있다는 자신감을 일깨워 주기 위해 그 분야에서 공부를 하셨던 여사님은 강영우 박사에게 재활의 의지를 일깨워 주셨기에 지금은 강 박사님 혼자서도 집안일을 혼자서 다 알아서 잘 처리하신다는 것이다. 그러나 운전만큼은 노력으로도 할 수 없는 일이니 석 여사님의 작은 소망 하나가 애절하게 가슴을 찌른다. 그러나 그 안타까움은 남편으로부터 받는 사랑에 비하면 아무것도 아니다. 석 여사님은 한 사람을 전 생애를 바쳐 사랑했기에 아무런 후회가 없다고 하셨다. 장애를 가진 연하의 남자와 결혼하는 것을 친구들이 비웃었어도 막상 결혼식 당일 날 신부는 너무 기뻐서 웃음을 감출 수 없었다고 한다. 이러한 사랑을 줄 수 있고, 또 받을 수 있는 부부는 얼마나 아름다운가?

"결혼 후 미국에 도착해서 유학생 부부가 되었을 때 겪은 마음의 고생은 말로 표현할 수 없을 정도였어요… 입덧을 하는 몸으로 남편을 그림자처럼 따라다녀야 했고 남편이 강의를 듣는 동안 도서관에서 책을 녹음했죠. 남편은 보행훈련을 받았지만 자주 다니지 않는 곳이나 생소한 지역을 갈 때는 나의 도움을 필요로 했습니다. 남편이 강의 듣는 것이 우선이었기에 남에게 어린 두 아이를 맡겨 놓아야만 할 때는 가슴이 아팠죠. 맹인 아빠에게 어린 아기들을 맡기고 도서관에 자료를 찾으러 갈 때는 혹시 집에 불이라도 나면 어쩌나 불안했지만 그의 눈이 되고 지팡이가 되는 것이 우선이었기에 정신없이 그의 그림자가 되어 그를 따라다녔습니다.

그 후 또 다른 위기가 찾아왔습니다. 생활비로 나오던 장학금이 만료되었죠. 닥치는 대로 막일이라도 해서 생활비를 벌어야 했기에 일자리를 찾아 나섰습니다. 병원 청소원으로 겨우 취업이 되었는데 이민국에서 노동허가가 나지 않아 고민하던 중 우연히 공원에서 그네를 타는 맹인 여성을 보게 되었습니다. 남편과 함께 그녀에게 다가가 한국에서 유학 온 맹인 학생이라고 소개하면서 말을 걸었습니다. 이 우연한 만남을 통해 우리의 사정을 들은 그들은 자신들의 집 3층을 내어줄테니 와서 함께 지내자고 하였습니다. 두 내외가 외출할 때 어린 두 자녀를 돌봐달라는 것이죠. 그 집에 살면서 아이들을 돌봐주고 설거지를 했지만 머잖아 박사가 될 남편을 내조한다고 생각했으며 그러한 기회를 주신 하나님께 감사했습니다. 스스로를 가사도우미라 여겼으면 불행하게 여겼을 테지만 행복은 스스로의 주관적인 선택이었기에 하나님께 감사하는 마음으로 모든 어려운 환경을 이겨냈습니다.

나는 남편이 맹인이기 때문에 불행하다고 생각해 본 적이 한 번도 없었습니다. 우리 내외는 출세지향적이 아닌 성취 지향적인 가치관을 가지고 있었기에 맹인이기 때문에 넘어야 할 물리적, 심리적, 법적 , 제도적 장벽을 넘을 때마다 오히려 성취감을 느꼈습니다. 1976년 4월 25일… 남편이 피츠버그대학교에서 박사학위를 받았습니다. 박사복을 입은 남편을 총장 앞으로 안내하면서 느꼈던 보람과 행복은 그 어떤 것과도 비교될 수 없었어요."

맨 처음 맹인 소년의 손을 잡고 광화문 4거리를 안

내했던 석 여사님의 그 손을 하나님께서는 국제 로터리 세계대회에서 1만 6000여 명의 세계 민간 지도자가 모인 단상으로 남편을 안내하는 손이 되게 하셨으며 대통령 직속 국가장애위원회 정책 차관보 자리에 오를 때 부시 대통령 앞으로 그를 안내하는 손이 되게 하였다. 어떠한 어려운 환경 속에서도 굴하지 않고 긍정적인 자세로 하나님께 감사하는 그 마음으로 인내하며 감내했던 그 세월을 통해 아름다운 열매를 맺은 석 여사님의 생애는 지구상의 모든 여성들이 존경하고 흠모할 만하다. 또한 남편을 성실하게 내조했을 뿐만 아니라 자녀들까지 훌륭하게 키워낸 어머니로서도 훌륭한 분이시다.

데이트를 마치고 석 여사님은 기자와의 헤어짐을 아쉬워하며 지하철 역 입구에서 깊은 포옹을 해 주셨다. 그 따뜻한 가슴이, 그 연민의 불꽃이 아직도 꺼지지 않아 시각장애를 가진 소년. 소녀 젊은이들에게 희망의 불꽃을 피워 내는 것이리라… 이 땅에 제2, 제3의 강영우 박사가 태어나길 소망하는 석 여사님의 그 숭고한 마음이 천상에서 별빛처럼 빛나는 날을 소망하며 돌아오는 길 내내 노을빛이 영혼에 물든 것처럼 따뜻한 감동이 출렁였다….

크리스챤뉴스위크
민에스더 기자(시인) esderpoet@hanmail.net
2008년 5월

故 강영우 박사 아내 "값없이 받은 사랑 다음세대들과 나눌 차례"

강영우장학회 이사장 선교대회, 평촌교회, 꿈마을엘림교회 등에서 간증

▲석은옥이사장 시각장애인 수술비 후원 전달식. ⓒ(사)생명을나누는사람들

감리회 총회인준기관으로 보건복지부 장기이식등록 기관인 (사)생명을나누는사람들(이사장 임석구 목사) 이 "지난 11일 「강영우! 시각장애인 인생나눔멘토 출범 및 장학회 기금전달식」에 참석하여 「인생나눔멘토

MOU 협약」을 체결하고, 강영우 장학회(이사장 석은옥)와 시각장애인들을 위한 후원과 장학지원에 관한 다양한 논의를 진행했다"고 밝혔다.

이날 행사는 한국점자도서관 주최로 국립서울맹학교 용산캠퍼스에서 열렸으며 오픈공연을 시작으로 이경재 이사장(전 방송통신위원회 위원장)과 손병두 이사장(삼성꿈장학재단)의 축사에 이어 석은옥 여사가 장학회 기금 및 점자도서를 전달하였다. 장학재단에서 전달한 장학기금 '희망상'은 아현중학교 허재혁 학생이 전달받았다.

2부순서로 진행된 「인생나눔멘토 MOU 협약」에서는 (사)생명을나누는사람들 조정진 상임이사, 한국시각장애인가족회 김미경 이사장, 한국시각장애인연합회 서울지부 윤상원 회장, 엔젤스헤이븐 조준호 이상장, 융합과학문화재단 양효숙 이사, 춤추는 헬렌켈러 정찬우 대표, (주)한국복지방송·한국시각장애인아카데미 심준구 대표가 참여하여 협약을 체결하였다. 이어 김창민 작가(한국점자도서관)가 「나에게 쓰는 편지」라는 제목으로 출판기념회를 열어 행사의 의미를 더하였다.

한국 최초 시각장애인 박사이자 미 백악관 국가장애위원회 차관보를 지낸 강영우 박사의 아내이기도 한 「강영우 장학회」 이사장 석은옥 여사는 장학기금 및 점자도서 전달식에서 "우리 내외는 출세지향적 삶이 아닌 성취 지향적 가치관을 가지고 맹인이라는 물리적, 심리적, 법적, 제도적 한계를 극복하였고 그러한 사정을 알기에 지속적으로 어려운 상황에 있는 시각장애인들을 도우며 살아 올 수 있었다"고 밝히고 "어려울 때마다 하나님께서 우리 부부를 도와주셨고 값없이 주신 사랑을 이제는 다음세대들과 나눌 차례"라고 전달소감을 밝혔다.

한편, 석은옥 이사장은 지난 13일 주일 오전 11시 평촌교회(담임 홍성국 목사)와 오후 5시 꿈마을엘림교회(담임 김영대 목사) 예배에 참석하여 간증하는 시간을 가졌으며, 꿈마을엘림교회에서는 시각장애인 각막이식 수술비 후원금을 전달하기도 하였다.

이날 꿈마을엘리교회 담임 김영대 목사는 시각장애인 각막이식 수술비를 후원하면서 "각막기증을 서약하고 시각장애인 수술을 후원하는 일은 하나님이 주시는 사랑과 긍휼의 마음을 가질 때 가능하다"며 "점점 사랑이 메말라 가는 오늘날 믿음의 성도가 앞장서서 하나님의 사랑과 긍휼의 마음을 가지고 어려운 이웃을 돌보고 복음을 전할 수 있어야 한다"고 전달 소감을 밝혔다. 석은옥 이사장은 5월15일(화) 사회평신도국이 주최하는 '존 웨슬리 회심 280주년 기념 생명나눔 특별행사'(장소 감리회 본부교회)에 참석하여 축사 및 간증의 시간을 통해 희망과 감사의 메시지를 전했다.

크리스천투데이
김신의 기자
2018.05.16

'강영우 장학회',
'강영우 장학재단'으로 새롭게 출발

워싱턴 지역 시작장애인 자립과 한국 시각장애인들 연수 등 전문인재 양성 주력

강영우 장학회(이사장 석은옥)가 올해부터 '강영우 장학재단'(YW Kang Foundation for Visually Impaired Inc.)이라는 이름으로 새롭게 출발한다.

석은옥 이사장은 "장학회가 2018년부터 버지니아 한미장애인협회에서 독립, 강영우 장학재단을 공식 발족한다"면서 "버지니아 주 정부에 세금공제를 받을 수 있는 비영리 자선기관으로 등록도 마쳤으며 앞으로 보다 폭넓게 한인 시각장애인들을 격려하고 후원에 나설 계획"이라고 밝혔다.

고 강영우 박사는 중학생 시절 외상으로 실명하고 어머니와 누나를 잃은 뒤 시각장애인 고아가 됐지만

이를 극복하고 연세대 문과대 교육학과를 졸업했다. 1972년 연세대를 졸업하고 1976년 한국 시각장애인 최초로 피츠버그 대학에서 교육학 박사 학위를 취득함으로써 한국 최초의 시각 장애인 박사가 됐다. 이후 노스이스턴 일리노이대 교수와 인디애나 주정부 특수교육국장 등을 거쳤으며 2001년부터 2009년까지 백악관 국가장애위원회 위원(차관보급)을 지냈고, UN 세계장애위원회 부의장 겸 루스벨트 재단 고문으로 7억 명에 가까운 세계 장애인들의 권익을 위해 헌신했다.

강영우 장학회는 5년 전 소천한 고 강영우 박사의 이 같은 정신을 이어받아 시력을 잃은 채 절망하는 한인 시각장애인들을 돕기 위해 지난 2001년 서울에서 강 박사의 부인 석은옥 여사가 발족한 단체다. 장학회는 지난 2014년 4월부터 매년 서울에서 장학금을 수여하고 있다.

워싱턴 지회는 2014년 8월 버지니아 한미장애인협회(VA KADPA)와 협력해 시각장애인들을 돕는 활동을 전개해 오다 이번에 독립하게 됐다. 재단은 올해 새

출발과 함께 강 박사의 두 아들인 강진석 안과의사, 강진영 변호사가 각각 1000달러씩을 후원했으며, 새로운 실행이사들을 구성했다. 새로운 실행이사진은 석은옥 이사장, 황오숙 총무, 수잔 오 재무관리, 조명자 기획, 박혜자 홍보 등 5명이다.

재단 측은 오는 2월 14일 강영우 박사 추모 6주기 행사에서 그동안의 후원자들을 초청, 감사의 시간을 가질 계획이다. 앞으로 워싱턴 지역 한인 시각장애인의 자립을 돕고, 한국에 있는 시각장애인들을 초청해 미국기관에 연수 교육 시켜 전문적 인재 양성에 주력할 방침이다.

데일리굿뉴스
박준호 교회기자
2018.01.09

"자긍심 갖게 하고 칭찬 아끼지 말라"

故 강영우 박사 부인 석은옥 여사 '자녀교육' 조언

▲최근 라스베이거스에서 열린 시각장애인 전국 컨벤션에 한국 시각장애인 리더들이 참석했다. 석은옥 여사(맨 오른쪽)와 기념사진을 찍고 있다.

한국 시각장애인으로는 최초로 박사학위를 받았고 부시행정부에서 장애인정책 차관보 등으로 활약한 고 강영우 박사를 내조했고 2012년 강 박사 타계 후에는 강영우장학재단(YWKANG foundation for visually impaired)을 이끌고 있는 석은옥(77) 여사가 남가주를 방문했다. 석 여사는 최근에 라스베이거스에서 열린 전국시각장애인 컨벤션에 참석하는 등 강 박사의 유지를 받들어 시각장애인을 위한 활동을 계속하고 있다.

–이번 행사는 어떤 행사였나.

"전국 50개주에서 3280명의 시각장애인이 모여서 각종 분야에서 개발된 제품과 다양한 전공 분야에서 연구 발표가 있었다. 이를 한눈에 종합적으로 볼 수 있는 시간이었다. 특히 장학재단에서 일부 후원하여 4명의 한인 시각장애 리더들이 참가했다. 미국의 발전된 시스템을 배우고 행사 참석을 통해 한미 간의 교류를 꾀했다."

–한국 참석자들은 누구인가.

"서울맹학교 허병훈 교사, 한국점자도서관 김동복 관장, 같은 도서관 이길준 사무총장, 사라 에드워드 강영우장학회 이사다. 특히 이길준 사무총장은 내년에 박사학위를 받는데 우리 장학회에서 3년 장학금으로 2700만 원을 지원했다. 이들의 큰 활약을 기대하고 있다."

–쉽지 않은 환경임에도 강 박사를 고위직에 올려 미국 사회정책에 영향을 끼쳤고 두 아 들을 잘 키웠다. 이민 가정

266

의 어머니들에게 알려주고 싶은 조언은.

"3P를 항상 강조한다. '하나님의 딸'이라는 정체성을 갖고 있다. 첫 P는 어려울 때, Praise the Lord(하나님께 감사하며 찬양하라)다. 그러면 마음이 안정된다. 두 번째 P는 Pray to the Lord(하나님께 기도하라)다. 어려울 때 하나님의 뜻 안에서 인도해 달라고 기도한다. 세 번째는 be Patient(인내하라)다. 기도를 하면 기적적으로 빠른 응답을 해주지만, 빠른 응답이 없을 때가 많다. 그래도 좋은 길로 인도하기 위해서 기다리게 한다. 인내하고 기도하면 하나님의 뜻에 합당한 길로 인도해 주신다는 기독교 신앙 안에서 이뤄주셨다. 특히 인내가 길어지면 더 큰 보상을 해주신다고 덧붙이고 싶다."

─자녀교육에 대한 조언은.

"역시 기독교적인 교육이었다. 코리언 아메리칸이라는 정체성보다는 '하나님의 자녀'를 먼저 강조했다. 처음엔 아시안이 적은 학교여서 '차이니즈'라고 놀리고 '눈이 찢어졌다'는 얘기를 듣는다고 불평했을 때, 교회를 열심히 다니게 했기에 '하나님의 자녀로 도와주시고 이끌어 주시고 보호해주시니 걱정할 것 없다. 규칙을

잘 지키고 열심히 공부하면 큰 인물이 된다'고 위로를
해줬다."

**－나중에 아들들이 성장해서 당시에 진짜 위로가 됐는지
물어본 적이 있나.**

"위로가 됐다고 해요. 특히 하나님의 자녀로 행복한
가정에서 태어나 자라고 있다는 자긍심을 갖고 있는
게 중요했다고 하더군요."

－두 아들에게 적용된 교육 방법 중 특별한 것은.

"잘하는 것을 더 잘하게 해주는 것, 재능을 찾아 칭
찬하는 게 중요하다. 성적표에 A가 없어도 B를 받은
과목을 격려해주는 것으로, 또 잘하는 것을 격려해주
면 자긍심이 동기부여가 된다."

－두 아들이 서로 많이 달랐다고 하던데.

"큰아들은 공놀이부터 모든 스포츠를 잘해서 올스타
급인데 작은아들은 그렇지 않았다. 그런데 가만히 보
니 작은 아들이 끈기가 있어서 달리기를 시켰다. 대학
들어갈 때 마라톤 풀코스를 뛰었다. 큰아들이 작은아

들을 인정하게 됐다."

-안과의사와 입법 행정 전문가로 키우셨죠.

"큰아들(강진석 박사)은 수학과 과학을 잘해서 의대를 진학해 아버지의 시력 회복을 해보겠다는 뜻을 갖고 있어 시각장애인을 위한 좋은 안과의사가 됐고 작은아들(강진영 변호사)은 책읽기와 역사과목을 좋아했다. 오바마 행정부에서 백악관 법률고문으로 나라에 봉사했다."

-강 박사 타계 후 어떻게 지냈나.

"췌장암으로 타계한 강 박사는 임종을 철저하게 준비해 유고집도 나왔다. 이후 바로 강영우장학재단을 위해 헌신하고 있다. 재단은 한국과 미국에서 각각 운영 중이다. 지난 7년간 한미 50여 명의 시각장애인을 도왔다. 강 박사는 장학금을 받아서 박사학위까지 받았다. 그래서 장학사업이 더 의미가 있다."

-어디에서 거주하고 있나.

"버지니아에 살고 있는데 감사하게도 큰아들은 10분

거리, 작은아들은 20분 거리에 산다. 재미있는 것은 큰아들은 공화당, 작은아들은 민주당이라서 집에서는 절대 정치얘기 안 한다. 그것도 어머니의 역할이다. 나는 편애를 하지 않는다.”

—시각장애인과 관련해 특별한 말씀은.

“시각장애인은 조금만 도와주면 된다. 그들을 돕는 것은 자선이 아니고 자립을 돕는 것이다. 공부하려고 하는 시각장애인을 장학금으로 도우면 된다.”

—남가주에서 간증을 하신다고.

“19일(금) 오후7시에 감사교회에서, 20일(토) 오전6시 남가주 사랑의 교회에서 각각 간증이 있다.”

▶문의: (703)298-8475, kyoungkang42@yahoo.com

중앙일보

장병희 기자

2019.07.17

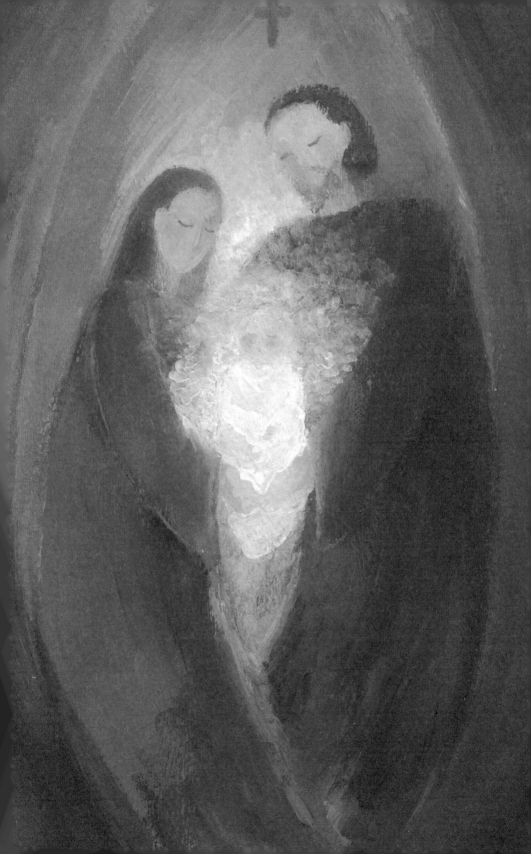

SAMSUNG

사회적 약자 돌본 故 이건희…
267마리 안내견, 시각장애인 '희망' 됐다

삼성화재 안내견학교 통해 시각장애인 삶 개선 앞장…
"인식 개선 위해 노력할 것"

[아이뉴스24 장유미 기자] "진정한 복지 사회가 되려면 장애를 가진 사람들을 배려하고, 같은 사회의 일원으로 거리낌 없이 받아들이는 사회 구성원들의 따뜻한 마음이 필요합니다."

고(故) 이건희 삼성 회장은 지난 1993년 "마누라와 자식만 빼고 다 바꿔라"고 말했던 '신경영 선언' 당시 '초일류 삼성' 비전을 이루기 위한 변화의 첫 걸음으로 가장 먼저 강조한 것이 있다. 바로 '사회공헌'이다.

▲故 이건희 삼성 회장 [사진=삼성]

　20일 재계에 따르면 이 회장은 생전 사회공헌 활동을 기업에 주어진 또 다른 사명으로 여기고, 이를 경영의 한 축으로 삼도록 했다. 이에 따라 삼성은 지금도 꾸준히 국경과 지역을 초월해 사회적 약자를 돕고 국제 사회의 재난 현장에 구호비를 지원하고 있다.

　특히 1993년에는 체계적인 안내견 양성기관인 '삼성화재 안내견학교'를 설립했다. 안내견학교는 국내에서 거의 유일하다.

　안내견학교 사업은 이 회장의 뜻이 컸다. 일본에서

초등학교를 다닌 이 회장은 어릴 적 외로움을 반려견을 기르며 달랬다. 한국에 귀국해서도 반려견에 대한 애정은 남달랐다.

이 회장은 한국이 유럽 언론으로부터 '개를 잡아먹는 야만국'으로 매도되는 게 안타까웠다. 1988년 서울 올림픽 직전 이 회장은 삼성 국제화지원사업단을 설립하고 여기에 애완견연구센터를 세웠다. 이는 삼성화재 안내견학교의 시초였다. 세계안내견협회는 이 회장의 공로를 인정해 2002년 공로상을 수여했다.

삼성화재 안내견학교는 1994년 시각장애인 양현봉 씨에게 안내견 '바다'를 처음 분양한 후 매년 12~15마리 정도의 안내견을 분양하고 있다. 가장 최근 파트너와 맺어진 '그루'까지 포함하면 2022년 현재까지 총 267마리를 분양했고, 현재 70마리가 안내견으로 활약하고 있다. 안내견과 함께한 시각장애인들은 대학생부터 교사, 공무원, 피아니스트 등 다양한 분야에서 사회의 일원으로 맹활약하고 있다.

안내견학교의 가장 기본적인 임무는 시각장애인이

안내견과 함께 삶을 누릴 수 있도록 교육하고, 시각장애인 파트너가 안내견을 스스로 관리하고 훌륭한 반려견 보호자가 될 수 있도록 돕는 것이다.

이를 위해 안내견학교에서는 약 한 달가량의 안내견 파트너 교육 과정이 진행되며 24시간 1대1 케어를 통해 교육을 진행한다.

첫 2주는 안내견 학교에 입소해 교육을 진행하고, 나머지 2주는 시각장애인의 거주지 근처에 숙소를 마련해 아침부터 잠들 때까지 모든 생활을 같이하면서 교육을 진행하게 된다.

삼성 관계자는 "안내견 분양 교육이 완료된 이후에도 소속 훈련사들을 통해 안내견이 은퇴할 때까지 지속적인 사후 관리를 하고, 무엇보다 안내견과 시각장애인이 서로에게 최선을 다할 수 있도록 지원하고 있다"며 "안내견 한 마리를 위해서는 훈련기간 2년과 안내견 활동 기간인 7~8년을 더해 꼬박 10년이 넘는 시간 동안 지속적인 관심과 지원이 필요하다"고 말했다.

▲삼성화재 안내견학교에서 퍼피워킹을 앞둔 예비 안내견 [사진=삼성]

안내견이 소개된 초창기(1990년대 초)에는 장애인 보조견에 대한 인식 부족과 반려견 문화도 성숙되지 않아 식당에서 출입이 거부당하거나 공공시설 출입을 제한받는 경우가 많았다.

그러나 안내견 양성에 적극적으로 힘을 보탠 자원봉사자 약 1천여 가정(퍼피워킹, 은퇴견 봉사, 견사 자원봉사, 번식견 홈케어)의 활동과 2012년 개정된 장애인복지법 40조(장애인보조견에 대한 규정) 등 제도적 지원에 힘입어 인식 개선이 이뤄졌다.

삼성 관계자는 "지난 29년간 안내견과 함께 걸어온 길에는 안내견학교뿐만 아니라 사회 곳곳의 숨은 조력자들의 노력이 있었다"며 "강아지와 1년간 함께 생활하는 퍼피워킹 자원봉사 가정은 쉽지 않은 환경에서 강아지를 양육하게 된다"고 설명했다.

이어 "자원봉사 가족들은 오로지 선한 목적을 위해 매일 고군분투하고 있다"며 "현재는 퍼피워킹을 하고자 신청한 대기 가정이 110여 가정으로, 약 2년간 대기해야 할 정도로 기꺼이 시간과 애정을 쏟겠다는 자원봉사자의 관심이 이어지고 있다"고 덧붙였다.

▲삼성화재 안내견학교에서 안내견이 보행하는 모습 [사진=삼성]

또 안내견 사업 정착에 있어 정부와 지자체, 정치인들도 지난 29년간 힘을 보탰다. 특히 주무부처인 보건복지부는 사업 초창기부터 우리나라에 없던 장애인 보조견 조항 신설에 적극 나섰고, 수차례 개정을 통해 법률적 체계를 갖추는 데 큰 역할을 했다. 농림부 동물검역본부 역시 2015년 엄격한 검역기조에도 불구하고 활동안내견의 검역을 간소화는 규정을 신설해 도움을 줬다. 환경부는 2017년 자연공원법 개정을 통해 국립공원 안내견 출입 문제를 해결했다.

국회에서도 안내견 관련 이슈가 있을 때마다 법률적 보완을 위한 법안 제출을 진행해 왔다. 최근에도 정부 및 지자체의 안내견 인식 개선을 위한 교육과 안내견 거부 사례 개선을 위한 법안 제출이 이어졌다.

이 같은 여러 도움에 힘입어 삼성화재 안내견학교는 내년에 개교 30주년을 앞두고 있다. 앞으로는 NGO와 협업해 수혜자 선정에 있어서 더 높은 수준의 공정성을 확보하고, 매년 4월 마지막 수요일인 '세계 안내견의 날' 행사를 함께 진행해 인식 개선에 힘쓸 예정이다.

또 삼성화재 안내견학교는 이날 새로운 안내견과 졸업한 안내견의 새로운 출발을 응원하는 '함께 내일로 걷다,' 행사도 가졌다. 이번 행사에는 ▲퍼피워커 ▲시각장애인 파트너 ▲은퇴견 입양가족 ▲삼성화재안내견학교 훈련사 등 안내견의 생애와 함께해 온 50여 명이 한자리에 모여 서로를 격려하며 안내견과 은퇴견의 새로운 출발을 응원했다.

홍원학 삼성화재 대표는 "안내견 사업은 우리 사회 구성원 모두의 관심과 노력으로 29년간 시각장애인의 더 나은 삶을 지원하고 안내견에 대한 사회적 인식을 변화시켜 왔다"며 "앞으로도 안내견과 파트너가 더불어 사는 세상을 위해 사회적 환경과 인식 개선을 위해 더욱 노력하겠다"고 밝혔다.

아이뉴스24
장유미 기자(sweet@inews24.com)
2022.09.20

우리 곁에서 웃고 계시는 예수님

화가 홍준표의 고통을 받는 예수님이 아닌 '웃는 예수' 우리 곁에서 늘 보듬어 주시는 은총을 느껴보세요

우울증이 심하던 모친의 친구께서 놀러와 예수님의 얼굴 그림을 보시곤 방에 걸고 싶다고 부탁하시기에 꿈속에서 활짝 웃으시며 손 잡아주시던 예수님 얼굴을 그려드렸더니 너무나 좋아하셨습니다. 치매가 심한 남편을 돌보느라 우울증과 자살 충동을 느꼈었는데 잠시나마 편안해지셨다 합니다. 기존의 고통을 받는 예수님의 이미지와는 다른 웃는 모습…. 많은 분들이 불행과 절망을 극복하는 매체를 만나게 해줘 감사해하십니다. 성화 화가로서 큰 보람과 영광을 갖게 되었습니다.

CTS TV 뉴스에도 방송이 나가고 지금도 웃으시는 예수님 모습을 보면 어떤 고통도 이겨낼 희망이 생긴다는 소장 성도들의 많은 체험담을 간직하며 웃는 예수 그림으로 이어진 전도에 큰 보람을 느낍니다.

◆ 예수의 기도 6호 F

◆ 예수의 기도 6호 F

◆ 예수의 기도 10호 F

⚜

◆ 구원의 사랑 6호 F

◆ 구주 예수님 10호 F

283

◆ 찬미 감사 10호 F

홍준표 화백의 웃는 예수님 작품 구입문의

010-3267-6277

작품을 구입하면 석은옥 여사님의 남은 생애의 소망인 시각장애우들의 행복한 삶을 위한 '강영우 박사 교육관' 건립에 동참 하실 수 있습니다.

profile

화가 **홍준표**

경희대 미술과 졸

2014. 통일문화제 서양화 예총회장대상

2014. 제4회 대한민국 성공 서양화부문 대상

2015. 대한민국 최고기록인증상(성화)

2015. 대한민국 신지식인 문화예술부문 대상

2016. 제1회 대한민국 성공인 서양화부문 대상

2017. 제5회 대한민국 신창조인 인물화부문 대상

2018. 제6회 대한민국 신창조인 서양화부문 대상

2022 대한민국을 빛낸 자랑스런 한국인 인물화부문 대상

인사동 경인미술관 9인작가초대전

선릉 미셸갤러리 웃는예수초대전

부평 스페로미술관 초대전 외 다수

이 세상에 빛과
소금이 되는 삶,
현존하는 신사임당 석은옥 여사님

권선복
(도서출판 행복에너지 대표이사)

석은옥 여사의 남편, 故 강영우 박사는 어린 시절 불우하게 시력을 잃으신 분입니다. 사고 당시 적절한 치료를 받지 못하였던 어린 소년에게 밀어닥쳤을 절망감을 짐작만 할 뿐입니다. 그러나 하나님은 하나의 문을 닫으면 다른 문 하나를 열어주신다고 하셨던 것처럼, 소년 강영우 박사는 미래의 아내가 될 석은옥 여사를 만나게 됩니다.

강영우 박사님은 1977년부터 1999년까지 22년 동안 미국 인디애나주 정부의 특수교육국장과 노스이스턴 일리노이대 특수교육학 교수 등으로 재직한 뒤 2001년 차관보급인 미 백악관 국가장애위원회의 위원으로 임명되셨습니다.

큰아들 폴(진석)은 하버드대를 졸업하고 조지타운대 안과 교수로 일하면서 역대 미 대통령을 진료해 온 '워싱턴 안과의사연합' 8인의 멤버 중 한 사람이자 워싱턴 포스트가 선정한 2011년 최고의 의사 '수퍼 닥터'에 선정되었습니다.

둘째 크리스토퍼(진영) 역시 前 오바마 대통령의 선임 입법보좌관이였고 현재는 "올바른 재판"을 하자는 사립기관에 극장으로 일하고 있습니다.

'Impossible(불가능한)'이란 단어에 점 하나를 찍으면 "I'm possible(나는 할 수 있다)"로 바꾸듯이 강영우 박사는 삶의 숱한 고비고비마다 그냥 점이 아니라 땀방울과 핏방울을 찍어 가며 삶의 길을 열어 갔습니다.

어느덧 강영우 박사님 추모 10주기를 맞이하였습니다. 시각장애우들의 행복한 삶을 위한 강영우 박사님 교육관 건립이 생애 마지막 소망이신 석은옥 여사님의 아름다운 꿈이 이루어질 수 있기를 진심으로 기원합니다. 이 세상에 빛과 소금이 되는 기운찬 행복에너지가 깃드시기를 바라며 신의 감동이었던 삶 역시 축복이 함께하시길 기도드리겠습니다.

마지막으로 책을 다 읽으신 여러분의 앞날에도 무한한 은혜가 자리 잡길 빕니다. 여러분 모두가 자신의 삶의 목자이십니다. 독자 여러분의 몸과 마음에도 편안한 휴식이 깃드시길 바랍니다.

'행복에너지'의 해피 대한민국 프로젝트!

〈모교 책 보내기 운동〉〈군부대 책 보내기 운동〉

한 권의 책은 한 사람의 인생을 바꾸는 힘을 가지고 있습니다. 한 사람의 인생이 바뀌면 한 나라의 국운이 바뀝니다. 그럼에도 불구하고 많은 학교의 도서관이 가난하며 나라를 지키는 군인들은 사회와 단절되어 자기계발을 하기 어렵습니다. 저희 행복에너지에서는 베스트셀러와 각종 기관에서 우수도서로 선정된 도서를 중심으로 〈모교 책 보내기 운동〉과 〈군부대 책 보내기 운동〉을 펼치고 있습니다. 책을 제공해 주시면 수요기관에서 감사장과 함께 기부금 영수증을 받을 수 있어 좋은 일에 따르는 적절한 세액 공제의 혜택도 뒤따르게 됩니다. 대한민국의 미래, 젊은이들에게 좋은 책을 보내주십시오. 독자 여러분의 자랑스러운 모교와 군부대에 보내진 한 권의 책은 더 크게 성장할 대한민국의 발판이 될 것입니다.

288